阳光文库

塞上之光

杨贵峰 —— 著

黄河出版传媒集团
阳光出版社

图书在版编目（CIP）数据

塞上之光 / 杨贵峰著. -- 银川：阳光出版社，
2024.7. -- (阳光文库). -- ISBN 978-7-5525-7433
-3

Ⅰ. I227

中国国家版本馆CIP数据核字第2024FZ9026号

阳光文库　塞上之光　　　　　　　　　　　　杨贵峰　著

责任编辑　申　佳
封面设计　晨　皓
责任印制　岳建宁

黄河出版传媒集团
阳　光　出　版　社　出版发行

出 版 人　薛文斌
地　　址　宁夏银川市北京东路139号出版大厦（750001）
网　　址　http://www.ygchbs.com
网上书店　http://shop129132959.taobao.com
电子信箱　yangguangchubanshe@163.com
邮购电话　0951-5047283
经　　销　全国新华书店
印刷装订　三河市嵩川印刷有限公司
印刷委托书号　（宁）0030739

开　　本　710 mm×1000 mm　1/16
印　　张　16.25
字　　数　200千字
版　　次　2024年7月第1版
印　　次　2024年7月第1次印刷
书　　号　ISBN 978-7-5525-7433-3
定　　价　56.00元

目录
CONTENTS

第四辑·远行的秋天

第五辑·夏风的低吟

塞上之光

第一辑

塞上之光

塞上江南，神奇宁夏

你从历史的长卷中走来

从贺兰松涛的呼啸

到云蒸六盘的缥缈

从九曲黄河的回转

到泾河源头的深涧

斗转星移，时空转换

亿年的龙骨诉说你是生命的摇篮

万年的水洞沟沉积着你远古的文明

神秘的太阳神雕刻在贺兰山深处

那些古老的岩画符号印证着

原始的图腾和人类智慧的起源

山水之美的宁夏

你是我诗意流淌的故乡

我曾置身于你贺兰云天的仙境

走进你波澜起伏的密林

我曾登上六盘之巅

吟诵一首不朽的史诗

我领略着你黄河奔腾的豪迈

走进你长河落日的诗境

我要尽情歌唱

你迈向新时代的塞上之光

你从岁月的长河中走来

从秦皇时代的屯垦戍边

到古老的朔方

从神秘的西夏到新中国

从宁夏回族自治区成立

到各民族和谐共融的今天

我是你壮美山河孕育的孩子

你唱着悠长的"花儿"四季奔走

你抖动黄河的飘带舞动青春

你在催人奋进的改革浪潮中闪烁星光

大漠孤烟，长河落日

故乡在丝路古驿上闪光

当我走进古代先民用脚步书写的史书

心中升起一种祭奠和敬仰

今日宁夏，紧随历史的脚步

一个华丽转身

我们把一条古丝绸之路

走出新意，走出诗意

一个伟大梦想乘着银雁起飞

神奇宁夏，在"一带一路"上闪烁光芒

"贺兰岿然，长河不息"

七十年风雨兼程，与祖国同行

六十年砥砺奋进，建设美丽宁夏

四十载改革开放，致富奔小康

这是宁夏人走过的一段最美的时光

塞上江南，满载未来的希冀和梦想

神奇宁夏，闪耀光彩熠熠的塞上之光

你是西部大开发的宁夏

你是"不到长城非好汉"的宁夏

你是"一带一路"上的宁夏

你是迈向新时代、踏上新征程的宁夏

你是我心中最美的宁夏

风行塞上

塞北的风，南来北上

三月里春天的探马

从毛乌素沙漠以南开始

从大漠孤烟，到塞上农庄

从长河落日，到绿洲晨曦

像一只不知疲倦的鸟

轻盈地飞行，欢快地鸣唱

在河套平原的怀抱里驻足安顿

在充满生机的春光里

缓缓地梳理新生的羽毛

暖风丽影，摇曳在春天的眉梢

黄河岸边，新绿泛上柳梢

倩影婆娑的女子

返青的草地，春潮涌动

大地呼吸通畅，泥土的气息

种子的力量，萌动的春芽

是今春的第一次心跳

塞上的风，温暖而潮湿

将整个冬天的积雪和冰凌融化

清澈、温婉、舒缓的

奔流不息的河水

散去了一个季节的忧伤

风行塞上，在黄河岸边凝望

春水如潮，春心荡漾

徜徉在大地温暖的怀抱

路，就在脚下

彼岸，就在前方

贺兰云天

巍然屹立的贺兰山
峰峦融入天边泛起的云岚
一阵风雨，一道彩虹
点亮塞上江南的亮丽风景

这里连绵起伏的山脉
抵御着来自西伯利亚的寒流
一阵春风，一阵松涛
拂过黄河，眷顾着
土地肥沃的河套平原

伫立风中，遥望贺兰云天
心中宏图壮志，面向苍穹
一个坚挺的脊梁
一个高昂的头颅
那是宁夏汉子的铮铮铁骨

天边云霞四泛，山间绿树红花
西北风不停的哨音胜似天籁
一群群岩羊，一片片松林

在兀立的山崖上留下自己的足迹

泉水在山谷里

四季流淌，宁静致远

太阳神的思考刻在石头上

一幅幅岩画，一块块贺兰石

都是永久的见证和流动的风景

贺兰山，由南向北

如一道黑色的闪电

一声雷动，一路高歌

唱响奋进崛起的乐章

贺兰云天，刻画自然的风骨

如一匹黑色的骏马

一声嘶鸣，一路驰骋

奔向奋勇腾飞的征程

贺兰云天，鸟瞰黄河落日

目睹银川平原日新月异的巨变

一座座高楼大厦

一个个湖城美景

书写着今日宁夏的瑰丽诗篇

沙坡头的风

季风在高处行走

来自旷古的神秘

丝绸古道，边陲锁钥

一边是没有生命的沙漠

一边是生命之源的母亲河

沙坡头穿越峡谷的河水

一道优美的曲线

在腾格里沙漠的边缘

闪耀成一颗璀璨的明珠

屹立高原，熠熠生辉

秋天的晨曦，驼铃声渐起

打破了沙漠的平静

昨夜的风刻在沙海

均匀的细浪伸向远方

躺在沙漠里看天空

蓝天也躺在沙漠里

越野车在轰鸣

尘烟滚滚，心在荡漾

舒展身躯，黄沙渐渐滚烫

行走大漠，太阳晒痛了脊梁

经历一次神奇的体验

羊皮筏子在水中晃动

河水永不停息地流淌

浪涛拍岸的声音动人心魄

畅游沙坡头，飞越黄河第一索

那种风驰电掣的感觉

心有余悸，回味无穷

头顶蓝天，脚踩黄河

我在大自然的怀抱里

融入自然，超越自我

我带不走这里的风景

如一阵河畔的风

只是一场对自然性灵的阅读

沙湖之恋

沙湖岸边，一只银燕翘首企盼

绵绵的细沙，清澈的湖水

水中摇曳着一个清丽的倩影

沙湖的水如姑娘深情的眸子

清澈而明亮，我在不断追寻

一次又一次的转身

像一张鼓满风的帆

从对面湖畔，到这边的岸滩

远方的茫茫沙漠

湖中的芦苇荡

我的船怎么也驶不出她柔柔的波光

记忆中的沙湖

阳光，碧波，沙滩

我已记不清多少次

留恋于沙湖的美景

往返于沙湖和银川之间

湖水的轻浪在岸边追逐着我

多么愉悦，多么惬意

快艇在沙湖水面疾驰

波光粼粼的水面泛着点点银光

从秀美的芦苇丛呼啸而过

湖光潋滟，绿风吹拂着芦苇的发际

像姑娘的秀发在我心中荡漾

我们在湖心的沙洲上沐浴阳光

行走在蓝天白云下

我就爱这沙湖的沙和水

徜徉在沙湖的万亩水域

千亩沙丘、百亩荷塘

就像和鱼儿一起游弋

和鸥鸟们共同栖息

我们陶醉在湖光山色中

感觉心情是那么愉悦

那么心旷神怡

这就是我的沙湖之恋

神奇而美丽的沙湖像一位少女

在我心中掀起层层涟漪……

六盘烟雨

秋天的细雨淋湿了十月的风

车子行驶在路上，路在山间盘旋

一条青色的绸带时缓时急

一盘高过一盘地舞动

积累着山的厚重和险峻

草色浸染的山峦

松树和山峰一样挺拔

它们以一个向上的姿势

大义凛然，直指苍天

我站在山顶，感受六盘烟雨

那首气势磅礴的歌

刻在石头上的字

豪气凌云的气魄

和石头一起成为永远的碑碣

诗的意蕴，词的风骨

红色圣地，昨天与今天

在山风中交融，深情地诉说

一种文化的积淀和精神的传承

再现的历史从身心涌过

成为一种永恒

我一直在远方仰慕着你

当我把一座山踩在脚下

我依旧渺小，山依旧高大

时光流逝中的历史

积累着世间的沧桑

岁月的河岸渐渐遥远

领袖、伟人、前辈、先烈

猎猎生风的旗帜

涌出心中的仰望和崇敬

不用重新审视

这也是，一种永恒

塞上行，杞乡诗页

这个绚丽多彩的八月

风从不同的方向吹来，掠过我

文学的炊烟举起手臂，迎接我

我再次走进枸杞之乡——中宁

我走进一棵枸杞树的梦

走进杞乡人的梦

这梦是一根茨条上纤小素雅的花朵

它们渴望盛开，努力绽放

这梦是它们根植在大地的怀抱

奔驰在原野上，荡漾在季节深处

这梦是一片"宁夏红"

也是，中华杞乡的魂

我一直深爱，这片田野泛起的红色

一棵枸杞树，带给人间的真善美

它不如苍劲的松柏那般有力

它不如阔叶的白杨在风中喧嚣

它不如高大的乔木，身姿婀娜又妖娆

你看它低伏着肩膀，佝偻着腰身

从不贪婪地挤占空间

那纤细的叶片似牙茶一般沁润心田

还有，那瘦小的花朵结出的硕果红心

枸杞树深赋这样一种秉性

它有抗旱耐碱的天赋

不管滩涂或者原野

它低调，不曾张扬

它节俭，从不铺张

它顽强，不惧风霜

它坦荡，奉献八方

中宁枸杞，是杞乡人的骄傲

岁月的年轮上刻有它的印记

我想从一根茨条、一片绿叶抽丝剥茧

千年的枸杞文化，千年的枸杞栽培史

祖辈的技艺在现代文明进程中得以传承

枸杞精神、枸杞之魂在不断升华

弘扬枸杞文化，是每一个杞乡人的梦

清晨，我在枸杞地里采摘

尽享"大地圣果"的甘甜

我就像一只跪乳的羔羊

将一粒风中颤动的枸杞含进嘴里

似乎已回到顽皮的童年

枸杞树和勤劳朴实的杞乡人

都在追逐梦想，为此拼搏奋进

倾力打造中宁枸杞的文化之魂

那是一种红色的梦，农业遗产的梦

在这里，攥紧一把枸杞

就把握了整个世界

松开手，虔诚叩谢

一方水土的馈赠

尝颗枸杞干果，轻抿一口"红五千"

一杯"宁夏红"，或者枸杞白兰地……

多少品牌从这里走出，走向世界

我们离开的时候

每个人都满载而归

我们身后，那一望无垠的绿色茨园

一串串殷红的"大地圣果"

正在描绘塞上江南盛大的秋天

红在心里的风景

我们在风雨中一路驰骋

窗外，绚丽的秋色

一闪而过的城市和村庄

在雨雾中为我们送行

还有，挥手作别的八月

正午的阳光冲出了云层

黄河如一条圣洁的玉带

在远山和村庄之间静静流淌

中宁，驻守在黄河之滨

一座城市渐渐走进我们的视野

碧色的滩涂和水流之间

我在寻找一种证据

母亲河哺育着这方神奇的土地

中宁，沉浸在黄河臂弯里

那么宁静，那么祥和

驻足一片田野

低矮的枸杞树舞动清瘦的身姿

无垠的枸杞树在风中摇曳

极目之处，这北国的红豆

孕育在黄河母亲的怀抱

错过了枸杞的盛果期

我只看到零星的红果

眼前依旧浮现，盛夏时节

这片红色的田野里，我们演绎

夏天的热烈，秋天的红火

我轻拂一根茨条，摘一颗枸杞

品尝它的香泽和甜润

一颗颗圣果似珍珠一样闪亮

枸杞树像一个窈窕少女

脸上泛起嫣红，难掩羞涩

无数夜晚，一盏青灯相伴

取出一小撮枸杞

我在一盏香茗升起的氤氲里

深抿一口，反复咀嚼

塞上江南浓酽的乡情

此刻，在远行的回忆中

我仿佛看到，阳光下闪耀着

一根根茨条，一棵棵枸杞树

还有那片翠色欲滴的枸杞园

那是一片，永远红在心里的风景

火石寨，永不落幕的霞光

火石寨，西吉云台山下
我在火红的山谷中徜徉
此前，从未见过这样的山色
她不同于桃花的红
奇特的丹霞地貌
江山如血，如朱砂
或者，那岩石深处亮着一盏灯
她胸中积蓄炽热的情感
升起朝霞，激情似火

沿着盘旋的石径和栈道
数十个古老的石窟
在峭壁上凿刻时光
云台山，这是一个
三教合一的文化名胜
这些文化符号
经久流传，永不褪色
让一座山承载着历史的厚重
此刻，仰望山顶的寺庙和殿宇
苍翠的草木间露出血色的山体

一缕阳光泻下来，我看到天地间

火石寨，一抹永不落幕的霞光

六盘云蒸

四月的风很轻

我们沿着山路追逐晨光

一路山花相伴

它们都是春天的眼睛

山路盘旋，一条绸带系在山腰

到达山顶之前

车子驶不出我心中的百转千回

我们到达山顶

更高的峰仍在远方

山岭起伏，松涛轻舞

迎接着每一位来客

民居层叠，梯田错落有致

远山苍翠，草木葱茏……

六盘山绮丽的风光尽收眼底

我最爱这山顶的云彩

一片轻柔的云朵

发射五彩霞光

烟云浮动，雾气缭绕

汇聚成如梦如幻的人间仙境

苍穹之下，六盘云蒸

我看到一座山的巍峨

那是宁夏

坚挺的脊梁，结实的身板

萧关，往事已成历史

终于知道，你在哪里

我来的时候，你无声无息

我走的时候，你不言不语

刻在石壁上的诗句

在这深沉的土地上

诉说千年往事

在这里，一首诗雕刻时光

把壮丽山川化作岁月的长河

把人间往事积攒成厚重的历史

伫立高台，远山雄浑壮美

古老的瓦亭堡

在侧翼沉寂多年

恍惚间，我听见一曲悲壮的战歌

萦绕风中，不曾散去

烽火狼烟，一匹马到达驿站

另一匹马启程，绝尘而去

萧关，瓦亭堡

浸满沉重的血

无数忠魂烈骨在这里深埋

萧关，多少往事已成历史

我看到固原，坚守的力量

将台堡，胜利之光

宁夏，西吉，将台堡

历史的风向标坐落于此

1936 年 10 月，硝烟弥漫

红旗漫卷，战歌嘹亮

中国工农红军穿过枪林弹雨

经过血与火的洗礼

征服雪山草地，冲破

层层阻隔，在这里会师

长征的播种机

在这个秋天夺取了伟大胜利

秦时明月，陇山之巅

将台堡，远眺萧关

千年的古堡，见证岁月的沧桑

转身回眸，万里征程已在身后

三军转战，离别后的重聚

没有浪漫，却分外浪漫

红色烈焰书写祖国

万里山河的壮阔

一个古老的堡子重获新生

在历史的长河中闪烁耀眼的光芒

将台堡，从古老的拜将台

到红军长征纪念碑

一种强烈的震撼激荡于心

什么样的远行，才能叫作远征

什么样的远征，才能叫作长征

什么样的汇聚，才能叫作会师

将台堡，在这里

重构红色基因的版图

长征精神薪火相传

闪耀着，一个民族的胜利之光

我在贺兰山拥抱深秋

这是一次没有任何征兆的出行

在贺兰山深处

我想寻一座山峰

就如我的名字，不是一个山头

不是峰峦叠嶂，不是一峰独秀

而是一片茂盛的树林

山谷中秋风飒爽，层林尽染

我在贺兰山拥抱深秋

在密林里踩着厚厚的松针

侧耳聆听松涛起伏

在一处山岗，我和一群岩羊偶遇

隔着狭长的山谷相望

在这里，我是外来的闯入者

我没有资格和一棵松树争夺家园

也没有勇气和一群岩羊谈论故乡

一只山鹰从山那边飞来

它把整座山峰罩在翼下

它和我一样在贺兰山拥抱深秋

此时，催促返程的铃声响起来

突然感觉，我被一阵秋风扯上了山

时光太过短暂，临别时

唯愿心中的一缕思绪，忘却天涯

贺兰山，我不忍和秋天分别

午后的阳光

照在我身后的岩石上

我把一缕秋风

安顿在山谷

回眸时，贺兰山巍然屹立

落叶飘零，草色枯黄

在这里，我不忍和秋天分别

下山的途中

我看到一棵酸枣树

还有一棵佝偻着腰身

艰难爬行的树

它爬向大山

身背一个空巢

如一个西北汉子负重行走的家

酸枣树，北国红豆

在插旗口，可以断定

酸枣树是贺兰山最惹眼的秋色

峭壁和山坡

它们傲然挺立

如一个个争红斗艳的山妹子

这些待嫁的姑娘

正在等待她们大喜的日子

你看，那枝头

一颗颗小小的酸枣

多么像北国的红豆啊

她们的热情和奔放

在深秋集结

比青杏更酸，比红枣更甜

她们在季节深处尽情绽放

只待有人靠近，她们渴盼的爱情

山路和远方

我们从插旗口登贺兰山

这里没有上山的路

只有沟壑，洪水冲刷出来的斜坡

我在寻找岩羊走过的山路

那微小的痕迹算不上羊肠小道

然而，却是我们脚下的路

站在山顶，俯视

有座石头砌成的羊圈

已废弃多年

那不是岩羊逗留的地方

眺望远方，贺兰山麓

一片苍茫，再远

就是广袤的银川平原

来时的路

写下一个大大的"V"字

天地间，我们殊途同归

成功和胜利，迈向不同的方向

山崖上的岩石

穿过森林和山谷

走过枯黄的蒿草

在贺兰山顶歇息片刻

我看见，一块摇摇欲坠的巨石

它已风化多年

未坠落之前

那是一块石头，最后的挣扎

也是最美的坚守

我在岩层中找到了碎裂的时光

登贺兰山

中午，风和日丽的贺兰山
我们征服了最近的一座山峰
对峰峦叠嶂的远方心生胆怯
就此止步，享受山顶阳光

我没有会当凌绝顶的感觉
一览众山，就数脚下的山最小
好在，景由心生
问世间，人生何处不高峰？

一片落叶的梦

也许，此行并不逢时
这不是贺兰山最美的季节
空旷的山谷，寂寥的树林
枝头渐空，冬的迹象初现
草地上铺满厚厚的落叶

这些金色的树叶
每一片都是季节的见证
它们把绿色的梦变为现实
充满生机，茁壮成长
它们织就了一个盛大的秋天

也许，每片落叶都是一个纪念
它们即将飞扬于世界
或者蛰伏在大山深处
我小心谨慎地从树下走过
生怕踩碎，一个春天的梦

水洞沟，穿越时空的记忆

水洞沟一直离我们很近

它所代表的那个时代

却离我们如此遥远

当我再一次走进水洞沟

穿越这段神奇的时光隧道

博物馆陈列的各种化石和石器

似乎在向我陈述

人类进化演变的全过程

人类文明从远古时期

演变至今，是多么漫长

然而，宇宙浩瀚

时空斗转，沧海一粟

三万年，也只是一个小小的区间

在水洞沟，不断转换的时空

触动着我，仿佛对我倾诉

那个时代既漫长遥远

又仿若近在眼前

从水洞沟底登上明长城

这段雄伟壮观的边墙

像一条黄色的巨龙

由西向东延展而去

伫立风口，看着锈迹斑驳的城墙

垛口，瞭望口，还有烽火台

我在寻找古代战争留下的残痕

或仔细凝望，或伸手触摸

雄伟的明长城

是一段穿越群山的历史

风中的城墙，让我也

完成了一次穿越

感触：自然之神奇，人类之伟大

泛舟于红山湖

感受山之雄壮，水之清丽

在红山堡，我看到

那些脱落的城砖

依旧演绎着历史

那古老的校场曾无数次调兵遣将

如今，却被岁月的风雨

洗刷得只剩下荒凉

当我从大峡谷

穿过藏兵洞，真切体验

明长城、红山堡、藏兵洞

共同形成的中国保存最完整的

古代军事立体防御体系

战争是残酷的

但它凸显的人类智慧是伟大的

藏兵洞是人类战争史上的奇迹

古战场遗留的奇观

历史的车轮永远前行

在水洞沟留下

不同的历史断面

凝聚成一段穿越时空的记忆

让我们感受：时光荏苒，天地沧桑

岩画浮生的思绪

我在此停止

迎接我的是传闻中

神秘的《太阳神》

在我之前，还有驻足安顿的风

自从有了西面的高山

便不再有西风

贺兰山如此巍峨

始终透着一种自然性灵的神韵

那就是史前

人类文明的记载——岩画

岩画到底美在哪里

那些不断出现的动物图腾

让我的心在震撼中激荡不已

岩石里隐藏着深刻的内涵

一种物质的本源

还有人类精神世界的萌动

我开始怀疑太阳神的智商

但他仍旧伟大而神圣

现代文明正乘着火箭前进

可人类文明的进程

似乎已在漫长的岁月里

迷惘了很久

如果是在远古时期

在那个生殖崇拜的时空里

以现在的年龄

我已经死去多年

山还是山，岩石还是岩石

一切都未变，又都在改变

这个世界

物质和精神都在改变

时空改变了，没有改变的

只有男人和女人

原始的艺术家随时光远逝

他们伟大的作品还在

沉寂的岩画像一首不朽的诗

读者进化了上万年

但它依然神秘，且不朽

清水营，破碎的时光

清水营，一座城

就是一座巨大的坟茔

一座城池沉寂了很久

高大雄伟的城墙

远远地，呈现出

一座古兵城的轮廓

北风呼啸而过

城头上响起一种

原始的粗犷和豪迈

那些深埋地下的

尖刀、利剑，锈蚀殆尽

在这里，战场上

兵士的厮杀声，如落日永远西沉

走进清水营城

步入一段封尘已久的时光

我看见这里刀光剑影

冲锋的号角，纵驰的战马

帝王的背影

边塞将士的豪迈与悲壮

历史从尘土中跃起

然后，又倒下

那些残垣断壁

石磴石碾，陈砖碎瓦

如一阵旷古的风

吹落了一地泛黄的树叶

经历了几个世纪漫长的徘徊

汇入历史的洪流，渐渐远去

伫立城墙，四野苍茫

落日正在重复又一次滑翔

我把自己站立成一柄古剑

似乎已身处古战场

一座城址，青花瓷的碎片

散落在瓦砾中

闪动岁月的流光

这些碎瓷片

曾是将军的餐具

或是将士出征的酒碗，或者更多……

这些破碎的碎片里

一座古兵城已然颓废，倒下

此刻，随处可见青花瓷的碎片

清水营，一地破碎的时光

涉过沧桑

横山，水洞沟

远古文明离我们很近

可以感知

想象，甚至触摸

宁东，南磁湾

恐龙统治的时代

已成为一种陈列

风刻笔下可能有即将破解的秘密

马鞍山，甘露寺

那么多传说

好像每一个都是真的

谁可清晰地讲述

那里曾经发生过什么

清水营，古兵站

染过无数将士鲜血的城砖

如今，竟砌了农家的水窖和羊圈

永不停息的时空

在这里，留下

一个个历史的断面

涉过沧桑，感受岁月悠长

长城遗址

我站在风口凝望

锈迹斑驳的城墙

残破不堪的城砖

西风吹过千年

锈蚀荒原瘦骨嶙峋的脊梁

遗留下吹不尽的荒凉

我在瞻仰前人的智慧

伫立在风中的城墙

将沉沦万古的日子

镂刻出一种隽永的神采

狂风卷过地面，风声浪漫

穿越崇山峻岭的历史

只读懂，岁月的沧桑

星海湖畔

塞北的原野，秋雨洗过的路面

像一条青色的绸带

沙湖的银燕在身后高飞

耳畔的风不停地吹拂着

石嘴山，星海湖已在眼前

水雾弥漫，岛屿似繁星点缀

碧水无垠的湖面如大海般深广

蒙蒙的细雨，远方一片烟云

好一个秀美的水乡

浩渺的湖水

飞鸟掠过低空的剪影

翠色的苇花在风中摇曳

草色荡漾，湖光潋滟

贺兰山的厚重与星海湖云水相融

在这片神奇的土地上

一声响彻云霄的天籁之音

一曲催人奋进的时代赞歌

贺兰如脊，星海似怀

塞上江南，赛过江南

鹤泉湖抒怀

秋色正浓，午后的风

在潋滟湖光里泛起笑容

我融入鹤泉湖的怀抱

还有蓝天和白云

飞艇掠过湖面

我就是一阵呼啸而过的风

芦苇丛在绿色水光里

长发飘飘，纤纤起舞

这个下午，我在秋日的鹤泉湖里

垂钓落日，垂钓孤独

直到远处的树影里开始有夕阳的余晖

返回的时候，满载一湖心事

湖水仍旧满面笑容

在这样的告别里，我感到

她的黄昏没有忧郁

一片秀水，腾格里湖

八月，中卫秋色渐浓

一路风雨，腾格里湖静候远方

视野之外，沙坡头侧翼相望

黄河的曲线蜿蜒向天边

山的轮廓清晰又逐渐模糊

正午的阳光冲破云层

秋风掠过腾格里湖

一片秀水，呈现眼前

湖岸到湖心，芦苇荡摇曳水中

荷叶稠密，翠意盎然

一池嫣红尽情绽放，弥漫芬芳

我们在厚厚的草甸上

席地而坐，或平躺着看蓝天白云

这片沙漠边缘的翡翠

秋水静美如画，草色碧波流动

腾格里湖，让大地屏住呼吸

金沙岛，薰衣草香

夕阳即将沉降，从腾格里湖

穿过一条幽静的青砖小道

金沙岛，涉过碧水，连接大漠

整片的薰衣草

那些花朵蓝得深沉，紫得端庄

粉得华丽，白得纯洁……

花开风起，花影起伏，馥郁芬芳

金沙岛，溢满薰衣草香

一种浪漫气息在田间涌动

演绎无数浪漫的爱情故事

一片秋叶在落日余晖中闪烁

谁能懂得它的心意

是否和我一样，向往一湖秋水

落花亲吻湖面

夕阳在水中泛起红晕

金沙岛，暮色已然沉降

我遇见你的秋水长天，花期正长

我就爱你繁花似锦的秋色

远方的腾格里湖，沐浴薰衣草香

静候着，一轮秋月凌空

天上水中，都是同样的明眸

诗情长流水

你敞开胸怀，迎接我

你的步履轻盈，深情款款

无数次，你对我说

欢迎来到长流水

今天，我们来了

我们要把你的清凉之夏

欢度成，一个盛大的节日

你的一溪山泉，细流潺潺

隐秘地流淌了千年

你依旧神秘

远处的烽燧见证着你的沧桑

龟裂的山体，石缝中曾喷射火焰

你的溪流在崖畔上雕刻时光

每一层沉积，都在千年的风雨中

诉说着，你岁月的悠长

六月的热浪在翻滚

毛乌素沙漠隐忍着干渴

你在干旱的茫茫大漠

藏匿着饮马疆场的流水

你的每一眼泉

都涌溢着夏日的清凉

我看到一个古老的故事

在天地间，拉开帷幕

我们溪水踏浪

来到桑杏园

几棵百年的裸根桑

挺立着伟岸的身姿

还有，坝顶上新栽的幼桑

结满了殷红的果实

徜徉在杏林，每个人都可以

在这里采摘，幸福和甜蜜

此刻，我只想说

每一次相逢都有新意

每一次握手都传递友谊

脚步虽短，流水情长

你的一泓碧水，流淌着夏日的芬芳

你的一片草木，充满诗和远方……

雨后，马鞍山

黄河就在山脚下

我看到远方一片缥缈的白

一架飞机在山下慢慢移动

然后加速，银雁腾空，直刺苍穹

飞机掠过山顶

像一朵移动的云

慢下来，消失在天际

雨后，山风有些沉重

这里的天空像一片深蓝的湖

目光深远，尘埃落定

甘露寺矗立在山顶

在这里，环顾四方

清明后的沐露园

柴草被雨水浸湿

陵墓恢复了往日的沉寂

山坡上散落着大片的猫头刺

迎来送往着世人

有的人来了，就永远留下

岁月无声无息，人生的沉沦

生命的时钟终将疲倦

马鞍山，这里永远寄存

亡者的意念，生者的哀思

探访石沟驿古城

立秋的风把我引到这里

一座古城已静卧千年

高大的城墙，注视着

我这突然造访的不速之客

石沟驿古城，遗址犹存

城北有一处豁口

走进古城，走进一段历史

我在聆听它的深情诉说

一座古城的断壁残垣

瓮城已毁，内城和外城相通

宽阔的校场已长满蒿草

天空之下，秘境已隐藏千年

石沟驿，这是传说中的郭子仪城

唐代十万朔方军的一个缩影

还是明朝的一座兵营

我从城墙裂痕中看到了过去的岁月

一座城，永远驻守这里
历史的演变与它再无关联
那些散落的砖瓦和破碎的瓷片
让我走进了一座古城的记忆

走进横城

灵武向北，走过临河
黄河十里外滩沐浴夕阳
一座古城矗立河岸
横城，镇守黄河古道
它已习惯，坚守和眺望

登上横城，城墙一角
黄河的曲线在暮色中伸向远方
凝望对岸，绿风万顷
掩映着一座城市的身姿
在我身后，远山一片苍茫

这是一座灵武境内
保存最完整的古城
在此沉寂，千年以后
它已习惯侧耳倾听
北风的呼啸声和黄河的涛声

横城，当年的古战场
两军在此隔河对峙，杀声震天

两座城隔山相望，烽火相连

黄河两岸，长城南北

如今，都是祖国的壮丽河山

灵武古城墙

唐风古韵，一座崭新的城市

灵武古城存留在闹市中

只剩西北角，北门保存完好

我能感觉到古城的庄严

车辆穿梭，人来人往

出与进，不分城内城外

一柄古剑，出自一个朝代

一件瓷器，沉淀岁月，雕刻时光

半截城墙，记载着厚重的历史

如今，在这座崭新的城市

灵武，我们必须守护

这座古城的残缺和陈旧

第二辑 ▸ 时代之美

故乡在丝路古驿闪光

西风猎猎，战马嘶鸣

历史的车轮行进了千万年

古老的丝绸之路穿越崇山峻岭

穿过广袤的戈壁，消失在茫茫大漠

那个遥远的时代

从三秦大地到河西走廊

到西域，到古罗马，到古希腊

东方文明古国，丝路精神

从那时起就纵横驰骋在欧亚大陆

从秦岭到黄土高原

沿着黄河文化和农耕文化的古道

一支驼队在暮色中赶路

他们日夜兼程，年复一年

从东方到西方，再从西方到东方

沿途的驿站逐渐兴起

成为城市，成为一道风景

丝绸之路，在人类历史中熠熠生辉

古道朔风，大漠驼铃声起

他们颠沛流离在丝路古道上

他们的血液里奔流着黄河

我无法穿越时空

只能在想象中抵达

多少人曾走过这条古道

客死他乡，他乡做故乡

在茫茫戈壁化作一粒沙

或者，在西伯利亚的寒流中倒下

化成一座石碑、一座雪山……

一个东方古国，打开了国门

也打开了世界之门

东方文明走向异域风情，伸出双手

缔结友谊，传播文明和进步

丝绸、陶瓷、象牙，金饰

丝路古道上，各种文化在碰撞

在交流，融入不同的民族

不同的语言、不同的乡音……

朔方之地，张骞出使西域

朝霞中张望，夕阳下驻足

在苏武牧羊的地方

匈奴的铁骑早已随风远逝

中华大地孕育的汉风

绵延千载，两晋，南北朝

车马喧腾的楼兰古国只有文字记载

大唐盛世，五代十国，宋元明清

东西方的交流从未间断

一个民族的性格在丝路上打磨……

一条路见证一个民族的勇敢

一旦踏上征程，就只顾风雨兼程

朔方古道、黄河古道、灵州道……

我知道，故乡在丝路古驿闪光

如今，"一带一路"新的倡议

把一条古丝绸之路走出新意

我看到，一个伟大的梦想乘着银雁起飞

故乡在"一带一路"上闪烁光芒

我们一起去看海

这个冬天，我们一起去看海

天上的星子倒映在海上

星罗棋布的岛屿，姿态多么优雅

我曾在地图上寻找

海南，三沙，南海诸岛

多少次，我想拼接出夜空里的北斗

仙女，猎户，或者某个星座

每个星座都发出耀眼的光亮

星星点点，化作一片柔情

一千座岛屿散落在广阔的南海

一千颗蓝色的宝石镶嵌在祖国的海疆

一千个孩子酣睡在母亲敞开的怀抱

海风多么柔软，我的心也开始柔软

它们就裹在深蓝的绸缎里

我担心它们遭遇暴风骤雨

或者比暴风雨更大的海啸

侵袭，吞噬，玉石俱焚

我害怕它们被海浪卷走

或者，如一尾游鱼被贼鸥掠食

一转眼，再也无法觅其踪迹

来吧，我们一起去三沙

南海，祖国母亲的眼

在这里，我只身海角

向着北方，转身即天涯

那些岛屿、礁石、沙洲，还有暗礁

就像南飞的雁群，遥望故乡

深情凝望，或者回眸远眺

海上的星空，那些远方的孩子

包括，海峡对岸的宝岛

无论哪一个，都不能失散

来吧，我们一起去看海

沿着那道优美的曲线

奔赴每一个星座，任凭潮起潮落

我想去沙洲上捡拾五彩斑斓的贝壳

去看海底盛开的珊瑚

一起去椰树林纳凉，沐浴海滨阳光

深夜，我们的船航行在海上

几座巨型的灯塔，是母亲手提的灯盏

每一条渔船，都能找到自己的坐标

每一个出海的人，都能找到回家的路

来吧，我们一起去看海

你看，那群星闪耀的海域

那些岛生出了翅膀，追梦逐浪

它们将翼展连成一片

覆盖了整片南海，成为一道海上长城

我们不再柔弱，不再沉默

如果再遭遇风暴，它们无所畏惧

只因身后有更加强大的身躯

它划开一道闪电，利剑出鞘

它划过天空的蔚蓝，大海的平静

那些久居远疆的孩子

日出而作，日落而息，夜夜安眠

海空利箭，三沙浪歌

我曾在梦里神游祖国的南海

千里海岸，万里海疆

广阔的天空，湛蓝的海水

西沙，中沙，南沙

我要向守卫南海岛礁的人民军队致敬

他们在那里洒下晨曦

收回夕阳，捕捞一轮海上明月

远方的海平面辽远而神秘

我多么羡慕一只红脚鲣鸟

它用翅膀丈量祖国的南海

我想登上战舰，当一名海军

冒着酷暑，甘愿头顶烈焰

大海击浪，哪怕流血

任伤口渗入海水的咸

保卫三沙，宁愿献身大海

我最想做一名空军飞行员

驾驶战机，巡航南疆

散落海上的岛礁、沙洲、海滩……

哪怕微缩成一个鸟影

一片浅湾，那也是祖国

固有领土，神圣不可侵犯

南海风云，三沙浪歌

志向长空，胸怀如海

大海的心，平静中内含汹涌

我有深厚的根，宽广的岸

我有蛟龙深潜，飞鲨红箭

不惧任何深海魔影，空天霸权

来吧，有多少侵袭的风暴

就有多少反击的巨浪

来吧，惊涛拍岸，潮起潮落

我心更坚定，我身更峭然

海空利箭，三沙浪歌

我看见曾母暗沙盛开的珊瑚花

永兴岛、美济岛、永暑岛……

我看见梦幻一般惊叹的宝石蓝

那些茂密的海岸桐和椰子树

每一片树叶都刻着"中国"

每一滴海水都是母亲身体流淌的血

中国，这艘在新丝路上的巨轮

她扬起"一带一路"的帆

航行于天地间，驶向远洋

画出一道清丽典雅的中国蓝

走向深蓝

天空多么湛蓝

在这激动人心的时刻

我看到，一架歼-20威龙战机

刺破苍穹，划出一道

惊艳世界的空天魅影

中国最新型的隐身战机闪耀起飞

大国重器，让无数国人欢欣鼓舞

鹰击长空，中国在腾飞

飞向远洋，飞向天际，飞向深蓝

大海是多么辽阔

我看到，中国辽宁号航母战斗群

冲出第一岛链，驶入太平洋

绕行台海，勾勒出完美的轮廓

祖国的强大需要强大的空军

也需要强大的海军，走向深蓝

海陆空，火箭军

人民军队保卫祖国海疆

我已然看到两岸统一的曙光

还有中国的崛起，中华民族的伟大复兴

高铁时代，一个民族在加速

童年的记忆渐渐模糊

岁月的车辙依旧清晰

孩提时代，祖国亲切而温暖

长大后，祖国越来越沉重

只有亿万炎黄子孙

才能背负这样崇高的称谓

壮丽山河，八千里路

记载着新中国交通史的演变

东方巨龙从沉睡中醒来

华夏大地，从牛车、马车

到一个自行车王国

从第一列绿皮火车行驶在长江南北

长城内外，驶向遥远的边疆

奋斗新时代，如今的中国

一个汽车制造业大国

一个引领世界的高铁强国

故乡的高铁来得有些晚

迟到的风景总是最美

树木、村庄、黄河、黄土高原

当一座城市微缩成一个站点

所有的一切成为一闪而过的光影

村庄在加速，城市在加速

整个中国都在加速

高铁时代，一个民族在加速

高铁是涌动在我心中的音符

高铁是一张亮丽的国家名片

当复兴号飞越黄河

我们一起成为一颗流星

我们是被全世界艳羡的那道光

一个疾驰在高速轨道上的国家

我将铭记于心，融于血液

一个崛起的中国必将引领世界

长江，这是我们的呼唤

我是银川

塞上湖城，丝路明珠

我是朔方古驿

我们在贺兰山呼唤长江

我在山水之间

黄河金岸是我腾飞的翼展

江城武汉，魅力银川

你是长江骄子，我是黄河儿女

我们同舟共济，一起并肩作战

此刻，一只银雁

飞向千里之外

江河日月，命运与共

我们坚信，只要心中有爱

你的春天依旧樱花烂漫

今天，银川呼唤长江

我们众志成城，我们共克时艰

灵性山河

时光的车轮滚滚向前

黄河古道，这片神奇的土地

千年古风在寻迹山河

天与地是一道帷幕

山水之间不停地变换底色

烽火狼烟，金戈铁马

都被黄河的浪涛淹没了

所有的旧事物都消失了

灵性大地，只有山河依旧

流过土地的河水

沟渠湖泊滋养着村庄

人们种下梦想，收获希望

然后，所有的水系都回归黄河

在这里，黄河水奔腾了千万年

东岸，摧毁一座城

西岸，沉积一片滩涂

我们赖以生存的家园

或许，都曾是一片河床

这里的沙漠浩瀚如海

寸草不生的山岭

有很多我叫不出名字

但它们却是历史的见证

荒原上布满猫头刺

充满原始野性的苍凉

你很难想象它贫瘠的地表下

深藏着厚厚的煤层

这燃情的岁月是山河的馈赠

毛乌素沙漠的边缘

原本的荒凉被时代的浪潮席卷

黛色的山岭

染成碧波如画的界面

光伏基站，蓝色的海洋铺满大地

养殖基地，在这里形成花海

擎天的风车留住呼啸的北风

从古老的化石年代穿越至今

风光电，能量在这里聚集和释放

电光石火一般创造着人间奇迹

我站在岁月的河岸

回望经年的路

一个人太过平凡

一代人的力量太过单薄

也许，只有几辈人

才能绘就这片土地浓重的色彩

绿水青山，辉映着天空的蓝

山水共济，我们以未来为岸

灵性大地，我们为时代而歌

我在沙漠为你写诗

落日在远方沉降

我静坐在沙坝上

金黄的柠条花芳香四溢

就在不远处，我看到

一棵沙拐枣和一丛花棒

在风中，诉说往事

这些沙漠里的姑娘

夏风吹瘦了身姿

她们弯下腰

此刻，成为最美的风情

我从喧嚣的城市赶来

沙漠深处是无尽的缄默

一个人，无须伪装

我空洞的语言，枯燥的文字

一片贫瘠，如眼前这片沙地

我在沙漠为你写诗

这片柠条林顽强挺立着

我们都一样倔强

沙漠是一张草纸

它们是你种下的诗行

沙漠里的跋涉

远远地，沙漠里有一队人

步履蹒跚，缓缓前行

摄氏四十多度的高温

他们肩头的麦草散发着黑色烟尘

融入汗水，吸入心肺

污浊的衣衫带着咸味

他们在烈日下艰难跋涉

他们迈着沉重的步伐

走向沙海的纵深

他们坚定方向，执着而刚强

走进朝霞，走出夕阳

为根植一点绿意

这是一种挑战极限的忍耐

也是一道震撼心灵的风景

给夕阳一个支点

茫茫沙漠，滚烫的黄沙

灼痛了这片零星的蒿草

也灼伤了我的心

晒不干的汗水和风干了的心事

才渐渐冷却，心底又升起忧伤

夕阳沉降，空气中开始凝结晚露

这是第一次看沙漠中的日落

霞光在不断变换色彩

眺望远山，我的心已湿润

你怀中的夕阳竟如此柔情

真想给夕阳一个支点

留住你那优美的倩影

天边最后一朵绽放的云彩隐去了

因留恋这番景致

我在黑夜里穿行沙漠

白芨滩，沙漠公园

这片沙漠干涸了很久

直到我们到来

还有随影而行的一场透雨

翡翠湖畔、道路、松林、曲桥……

一切都是清亮崭新的

我的心也被洗涤一新

耳畔的雨声伴我登上长城

伫立城墙，我淋着七月的雨

悦目山下的翠湖烟波

远方一片浮云，绿风轻舞

这里空气是清新的，风是绿的

那三面碧如翠玉的湖水

它们如此清醒

白芨滩，有这样一些人

他们在沙漠里种下青春，长出了树

他们在沙漠里种下爱情，也长出了树

后来，他们种下信念和梦想

那一望无际的灌木林

从沙漠里生长出一种坚韧和倔强

于是就有了大漠绿洲、沙漠公园

沙漠绿风

毛乌素沙漠腹地

生命之源的水最为稀缺

这里没有一棵成材的树

连片的沙丘地带

那些匍匐前进的灌木丛

时刻展示着植物生命力的顽强

零星的蒿草在树丛间

钻出来，与沙漠抗争

一株柠条、一棵沙拐枣

一丛花棒、一片沙芦苇……

从点点绿意至沙漠绿风

到绿洲奔跑，你会爱上沙漠

也会爱上每棵沙生植物

沙漠长城

白芨滩，沙漠公园

几座沙丘绵延的山脊之间

一座长城如青龙盘旋

这里的长城没有抵御过胡马

却在抵御风沙侵袭

实现人进沙退的奇迹

没有点燃过烽火的烽火台

点燃了绿色和希望

没有历史的城墙

却创造了新的历史

伫立沙漠长城，四野苍茫

远方的沙丘闪烁着点点金光

绿洲涌浪，绿风在心中荡漾

草方格

白芨滩，治沙区

他们用一米见方的草方格

密密麻麻，攻下整座山头

深埋在沙地里的麦草秸秆

固沙保墒，让风沙不再肆虐

为一粒种子、一棵植物

蓄足雨水，保持长久的墒情

他们把绿色种在沙地里

太阳把黑色素种在他们身体里

炽热的阳光无法晒干这些草木

黄沙金甲，孕育绿色

治沙的人没有劳动号子

他们用生命谱写着

一曲感动天地的生态之歌

翡翠湖畔

长城脚下的三潭水

三块美玉嵌入大漠绿洲

水面映着蓝天，清澈见底

你会爱上这片水域

它的神奇，它的妩媚

它的纯净、执着和顽强

你会震惊于大漠深处

竟有如此一片湖泊

沙漠公园，翡翠湖

毛乌素沙漠睁开的眼

岸边舞动的树，绽放的花朵

一丛草木，水中的游鱼

还有那些从天而降的候鸟

它们用翅膀划过长空

深情述说，翡翠湖畔

一些治沙人走过的路程

邂逅一棵裸根桑

在长流水，一株百年古桑

有多少年太阳的暴晒

它就脱了多少层皮

有多少次寒冬

它就换了多少次装

如今就像一个百岁老翁

枯干、绿叶、红果

桑叶还是那么绿

桑葚还是那么甜

邂逅一棵裸根桑

一百年的风洗刷过还是那样

你的根裸露在地面有一米多高

粗壮的树根像一根根柱子

架空了一颗心，就如

此刻我空洞的想象

裸根桑啊

我领教了你盛夏的繁茂

却错过了你严冬的伤痛

我看得见你的高大

却测不到你的深度

西湖夜曲

星空之下，我沿着湖畔行走

夜风多么轻柔，西湖的水波澜不惊

彼岸的霓虹荡漾在微亮的湖光中

这座城市闪烁着一往情深的眼

街灯黯然失色，停下微醺的脚步

我坐在洒满月光的一棵垂柳下

树影婆娑，静静聆听夜晚的蝉鸣

一池秋水在这湖畔的夜曲中渐渐沉睡

离开的时候，影子随柳岸行走

湖水中有一轮漪波微漾的秋月

我在心里种下一缕西湖情思

披一身月色，让它在梦里生根

城市深处的灯

城市的深处

西湖闪耀着璀璨的灯火

徘徊在半睡半醒之间的城市

这片水域走进夜色

它停泊在城市的一角

我曾无数次围绕着它

用脚步丈量

当我第一次穿湖而过

它也从此驻留在我心间

万家灯火是这座城市

跳动的音符

我只是一个琴键

永远跳不出这座城的八度

奔波与忙碌重复演奏

生活的重低音，西湖夜色

呈现给我一个微笑的面庞

如母亲的慈爱，爱人的殷切

还有，这座城的安详

故乡的风

春夏秋冬
四季的风卷过地面
呼啸而来，呼啸而去
吹老了岁月，拉长了时光
吹不老故乡的容颜
拉不断丝丝缕缕的乡情

房前屋后，草木葱茏
亭台楼阁，红砖碧瓦
田野中的一条羊肠小道
一片草滩，一泓溪水
还有夜空中的一弯月牙
一切都是来自故乡的思念

故乡的情
是风吹不灭的马灯
故乡的风
吹到哪里都是一种温馨

鸣翠湖，我们一起听风望月

暮色渐沉，湖畔的风很轻

小径深处，通向湖中的小岛

垂柳的林荫淹没了人群

我们就在此停止

鸣翠湖盛满了落日的余晖

湖水的细浪泛着光亮

湖中摇曳着芦苇荡的波浪

芦花间射出一道薄薄的夕光

偶尔有飞鸟从头顶掠过

惊愕间，一轮明月悄然升起

风驰电掣的高速铁路为界

车水马龙的乡道为岸

波澜不惊的湖水静卧其间

鸣翠湖，在动与静之间

一幅塞上江南最美的画卷

湖心小岛，有座经年的水车

它还可以转动

只是再也无法舀上水来

但我依旧可以看到

它空转的年轮盛满时光的流水

今晚，我们在此听风望月

一起向这一季荷花告别

没有惊扰一条鱼游弋的轨迹

我们相聚，只为一轮明月

只为这洒落人间的月光

悠扬的马头琴声穿过贺兰山

遇见跨越黄河的浓情诗意

今夜，我们一起见证诗和远方

作别宁静的湖水，启程时

我们身披一样的星辰、一样的月光

我在灵武等你

我在黄河岸边，等你
一条河涌动千年的诗情
你在远方，或者，天际之外
我们相约，彼此为岸

我在古老的长城这边
等你。长城这边是故乡
千年的风在城墙上雕刻时光
南北的追忆，让岁月染霜

我在塞北的江南，等你
走马黄河，穿行沙漠
我们一起涉过大地的苍茫
探寻那古老的兵营和远逝的烽火

我在千年的古县，等你
我要带你去看亿千年前的恐龙
我们一起走进千年的文明
在历史的长卷里共享岁月的静美

我们一起领略暮色中的河岸夕光

一起牵手，淌过沙漠中的长流水

一起走进大海子滩沙枣花开的季节

一起探寻，那沟壑深处的神秘岩画

灵武，这方充满灵性的土地

我们沐千年古风，进时光隧道

漫步街巷，沉浸在唐风古韵里

一席西湖诗话，一眼千年

此刻，在都市的霓虹深处

一片深情难掩伤感和离愁

你走了，从此远隔山水

有一种思念，你就是我的诗和远方

我们在一首诗中相聚和别离

这座诗意流淌的塞上名城

从此，有一种思念

我在灵武等你，等你

故乡把我变老了

我在故土之上行走

偶尔远行，我带着乡音

走不出乡情，也走不出乡愁

这片土地上，我被爱，也深深爱着

我在童年的摇篮里成长

播下种子在地里，等待长出幼苗

我在地里除草、浇灌、培育、收割

这样耕作，大概就是最初的爱

从一个人进城

到整个村庄走进城市

我仍然不失深爱

爱她的鱼米之乡，爱她的灵性山河

爱她惠泽两岸众生的母亲河

我在沙漠里洒下汗水

爱她脱胎换骨披一身绿色

我走进她的沧桑岁月

爱她那旷古的记忆

悠远的历史和厚重的文化

道路虽宽，宽不过闯荡的脚步

高铁再快，快不过远走高飞的心

航程再远，远不过追逐梦想的翅膀

有人离开故土，从此杳无音信

也许是良禽择木，不忍思乡

也许被生活的风尘淹没

有些人走了，又回来

是铩羽而归，还是衣锦还乡

都是对这土地深深的眷恋

一直有种心境

多少人在这里默默耕耘

春夏已过，秋天未来

从心存真爱，到爱无所爱

你的真情付出，她并不领情

如今，故乡把我变老了

而她，越来越年轻

第二辑 ◀ 黄河诗篇

河岸浪歌

我在河滩上行走

你敞开的胸怀呈现在我眼前

这片开阔的水域

河水的流淌就是河岸的歌声

清澈和浑浊都在身旁

泥土和泥沙同时沥过心间

我喜欢捡拾这里的黄河石

每颗石子都经历过河水的洗礼

远方的河洲上长满了青草

河岸的浪歌回声久远

那片河洲在成为土地之前

阻滞河水的石头，生下了根

老河长

几十年，一曲黄河浪歌

把一个人唱老了

他曾在河岸边栽下一片树林

那时他还很年轻

从此，他守着林子

林子守着河岸

河岸守护着河水

那时，他还不是河长

那片护岸的林地也不属于他

他把晨曦迎来

把夕阳送走

那片渐渐茂盛的护岸林

可以见证

河水曾流淌着

他的梦想和前程

如今，河岸是归宿

他是这个河段的老河长

他把母亲送走，把青春送走

他说，母亲河就在身旁

故土之上，春天就在脚下

两座城离黄河很近

世间很多事不是做不到
而是不去做，比如
来一场说走就走的远行

银川到开封，西北到中原
两座城市虽远隔千里
其实都一样，离黄河很近

终丁来到开封，了却心愿
突然想起，滔滔的黄河水
它们每时每刻都在到达

黄河臂弯里谁与同行

正午的阳光抚慰着

一片寂静的园子

一树青涩的苹果就像我纯真的童年

一条通往河边的小道

我的脚步很轻

生怕踩碎了林间草木的清梦

路两侧的白杨搭起了林荫

耳畔的风沙沙作响

多么动听，穿过树林

河岸止住了风鸣

转身回眸，这条路更像一个箭头

时光总是在朝着一个方向走

眼前，这一河的水比我还要匆忙

也许，奔涌的流水

只有投入另一个怀抱

才会变得恬淡平静

而我知道岸的孤独

在于只会送行，不会挽留

远方，彼岸是一条细线

贺兰山的轮廓和天空的云朵

融为一体。我无法逃离

河水深情的目光

黄河的臂弯里，谁与同行

共同勾画，山水之间最美的风景

黄河落日里寻找方向

我从翠色涌浪的原野中赶来
沙漠还在远方，黄河就在脚下
我想亲近一次
心中久违了的黄河落日
寻觅那曾被写入诗句的景致
何以成为千古绝唱

我站在暮色里，黄河平静而温和
远方是一条浅浅的河岸线
我想看夕阳
停留在河面的瞬间
但她被一连片云彩遮掩
只有红晕的河面闪着点点羞涩

我站在河堤上久久凝望
回想，我突然失去了方向
迷失自己，此刻
河边的芦苇在水中摇摆
河水的方向是就势顺从
我的方向，只有彼岸

我曾在沙漠里行走

那里的路在目光里浓缩成方向

在脚下蜿蜒成曲折的疮痕

在沙漠里，抹去我足迹的是一场风

在人世间，抹去我记忆的是岁月

岁月就是在这河水里流淌的时光

一茬一茬摇曳着生命，永不停息……

我在黄河落日里寻找方向

直到河岸上亮起了第一盏灯

我该启程了，回到我来的那座城市

离沙漠不远，离黄河很近

我在黄河岸边垂钓夕阳

这个黄昏，滨河之下

我在黄河岸边驻足

眺望远方，天上水中

一轮落日交相辉映

它们被河中间的一片沙洲

分隔，还有树影婆娑的彼岸

那片沙洲我无法抵达

它是这个河段的分水岭

它像一根楔子嵌入黄河

一边是主河道，一边是河汊

这片水域是飞鸟的栖息地

也是鱼群歇息的港湾

此刻，夕阳的余晖倒映水中

河面像姑娘羞涩的脸

你会有一种奔向河流的冲动

也会有提防河岸塌陷的本能

你将和所有的一切偶遇

像一场牵手黄昏的浪漫邂逅

我在黄河岸边垂钓夕阳

河水冲刷着一块石头的命运

它们被人捡起来珍藏

或者，散落在河滩上

我在想象，一块石头的经历

是暗流涌动，还是惊涛骇浪

落日沉降，夕阳渐渐隐在水中

在这里，有一种寂静

就是你能听见河水流淌的声音

我看到一朵浪花的命运

这一刻温婉，下一秒

就汇入洪流，奔涌、浩荡、激扬

黄河拐了九十度弯

临夏，永靖，刘家峡

黄河拐了九十度弯

这祖国版图上浓重的一笔

似一把青铜古剑用力挥出

劈开群山，揭示天地间暗藏的密码

恐龙足印，古动物化石

侏罗纪时代，或更远的白垩纪

一亿七千万年的时光

在山水间压缩，发送给我们

给人强烈的心灵震撼

感谢大自然的鬼斧

汹涌的河水激荡着盐锅峡

悬崖峭壁，千仞兀立

长城遗址、古关津、凤林津……

雄关漫道成就了千古英雄

烽火狼烟演绎着历史的更迭

黄河在这里拐了九十度弯

临夏，悠悠岁月

闪烁着灿烂的文化

文明的步伐，永不停歇

在刘家峡

秋风在耳畔呼啸

车子在崎岖的山路上颠簸

黄河在另一个峡谷中咆哮

转过几座山峁

河水在脚下奔涌

机器的轰鸣淹没了沸腾的波涛

我们进入庞大的山体腹部

涡轮机飞速旋转，刘家峡

一分一秒，都在创造光明

登上大坝，峰影绰绰

高峡平湖悬于山腰

潋滟湖光浸染了绿色

我们的船沿着峡谷逆流而上

凝望远方的峰峦

眼前的崖壁压过来

此刻，有一种冲动

想把自己变成一朵浪花

直泻而下，震荡山谷

将山河岁月冲开一个豁口

倾听黄河入海的音律

华夏大地，风吹万年

我在倾听黄河母亲的呼唤

从巴颜喀拉山的第一道雪水

开始奔涌，到山东半岛

到东营，到黄河三角洲

到艾山脚下的黄河入海口

我在倾听，万里长河

那"白日依山尽"的飘逸和律动

那"黄河入海流"的坚毅和果敢

我在聆听黄河的音律

她冰雪融汇的涓涓细流

她穿过草地和戈壁滩的轻盈

她劈开崇山峡谷时的喧嚣

她切开黄土高原向前奔涌的沸腾

她高峡平湖舒缓流淌的温柔

她从天而下冲破壶口时的咆哮

她一个华丽转身，乾坤斗转

在天地间书写一个大大的"几"字

平定中原，她奔流入海掀起波澜

怀抱青纱帐和白洋淀

她在河洲之上隽永和婉约

东营，在时代的浪潮中击水三千

一边是河流，一边是海洋

此刻，我在倾听黄河入海的声音

我站在泰山之巅，眺望

蜿蜒的海岸线伸向远方

舞动的身姿飞向那片遥远的蓝

我是塞上江南的银川

你是黄河入海的东营

我们一起遵从母亲的叮咛

我有长河落日、大漠孤烟

你有海上日出、天海一色

我们有，一样的渔歌晚

一样的稻花香，一样的黄河情

虽远隔山水，也相融相通

长河涌浪，我们共度时光

穿越黄河大峡谷

午后，阳光冲出云层
我靠着五月的船舷
引擎的轰鸣声淹没了耳畔的风声
我们的船疾驰在黄河大峡谷
两岸都是群山
裸露的山体是坚固的河岸

十里长峡，山势逶迤
长河涌动，我们逆流而上
在青铜峡，峡口之地
黄河凝聚气壮山河之势
奔流向前，永不疲倦
一座铁桥走过半个世纪
见证着共和国工业从起步到跨越
一座大坝，横亘两岸
点亮了城市、乡村和万家灯火

伟大的母亲河，在这里
水利水电是她永远的主题
青铜峡，一条河开天辟地

穿越崇山峻岭来到这里

历史的真相只有一个

大禹文化园，一百零八塔

远方的黄河坛，鸟岛和金沙湾

这独特的自然性灵之美

河水奔腾，我们顺流而下

西岸，是贺兰山的余脉

东岸，是牛首山的起点

深感敬畏，我真想去探秘

那山崖上的青铜石刻

还有，淹没在水中的时光

我似乎看到，两座山张开大弓

射出一支十里长峡的箭

天地间划出一道优美的航线

黄河大峡谷，她承载历史

诉说当下，也描绘未来

峡谷之地，是通向幸福的港湾

壶口，我从远方来

我从远方赶来

在这里，我们都来自异乡

宜川到吉县，跨越两省

从三秦大地，到走西口

我们淹没在两股相向而行的铁流中

风驰电掣，然后

像缓慢蠕动的虫子爬满路面

在壶口，沿山坡下到谷底

丹霞一样的山体在胸中燃烧

河水奔流在脚下的峡谷

那是一种我心中无法抗拒的牵引

行走在遍布裂口的河床

它张开血口

我看见石缝里的暗流

每个人都小心谨慎

怕一不小心踩塌了河床

被地下的暗河吞噬

那是一种灰色的砂岩

一个壶盖，封住沸腾的河

有人问，你从哪里来

我说，我从黄河岸边来

我来这里看黄河

置身河谷，看不见夕阳

第一次领略"黄河之水天上来"

铺天盖地的浪涛

比天空的色彩更白、更亮

壶口瀑布，激烈而纯粹地撞击

像奔腾的战马，咆哮、嘶鸣

壶口雄风，激荡天地浩然之气

一股大潮冲向石崖

它无法撕裂山谷

在我身前，花开玉碎

它一个华丽转身，似飞龙涅槃

雨雾烟波，浸润着我

江山如画，乾坤斗转

我看见一条玉带飘向远方

天地间气势如虹，荡气回肠

兵沟，山河咏叹

苍穹之下，我在兵沟的高台之上

眺望远方，这里有两条河

一条是山脚下奔流不息的黄河

还有流淌在心里的岁月长河

每一次来到兵沟

我都会暗自心惊

不仅是兵沟汉墓悠远的历史

而更在于一种文化元素的积淀

千年的风从不同的方向吹来

在这里积聚着一种力量

兵沟汉墓，打开了地宫的门

就打开了历史的门扉

一个朝代消亡，一个两千年的逝者

那座尘封地下的棺椁

再次进入人们的视野

这幽暗的墓穴是一种文化的复活

在兵沟，一直有这样一种感觉

它古老而神秘，静谧而灵动

它有着雕刻时光的强大穿透力

在这里，一个人可以望穿岁月

也可以感悟人生，参透生死

山河的咏叹充满灵性

时空转换的兵沟似乎在深情诉说

远方的长河落日和身后的大漠孤烟

辉映在一起，叩问远山

千年以后，那将是怎样的人间

峡谷诗情

初夏，兵沟大峡谷

这里没有千年的古树

只有万年的沟壑

我能看见天空的高远

靠在一道斜坡上

我看到一只在土崖上筑穴的蚂蚁

它是这里仅有的生机

与它不同，我是域外的不速之客

在这比苍凉更加苍凉

比荒芜更加荒芜的大峡谷

我们带来了人间烟火

登上一座土崖，伫立风中

眼前一片空旷，远山苍茫

在牛村，一个人开始穿越

我是一个铁匠，或者更夫

夜晚，头枕黄河的涛声

看着天上的星子窃窃私语

一觉醒来，或许，已兵荒马乱

如今，兵沟峡谷之畔

寂静的茅屋，不知与谁厮守

在这里谈一场恋爱

就已牵手，走过千年

石头里的春天

春天的午后

母亲河睁开惺忪的睡眼

接纳了我们

层层叠叠的石子铺满了河滩

我从河岸涉过清澈的河水

领教河水刺骨的冰凉

眼前是一片开阔的河洲

我和这片碎石滩一起沐浴春风

我躺在河床上，看天空蔚蓝

闭上眼，聆听细细的风声

还有，枕边浪花的低吟

我在端详一块精致的石头

直到走了神，已然忘我

似乎回到几十年前

在沙滩上捡石子的孩提时代

一颗石子会有怎样的命运

是河床之下千百年的沉寂

还是裸露在河滩上

目睹河水不知疲倦地流淌

或有幸被人捡到

珍藏，反复品味

有人珍爱是一块石头的春天

流向春天的黄河水

这个午后，我站在河汊口

母亲河平静而舒缓

她在细数着日子

这是一年中河水最清澈的时候

整个冬季，河滩上都很安静

我在凝望远方的树木

青色的山脊和天空

微缩进目光

沉浸于浮想那些已知和未知的事物

眼前，这百转千回的河水

我就像她怀中的孩子

她敞开胸怀，我也打开心扉

无须诉说心事

河水在天地间留下

浓重的一笔，成就了山河

还有另一条隐秘的河流

她描绘着岁月的长河

任其在自己的身体里流淌

如果目光可以拐弯

我想看清一条河的全景

一朵浪花无法决定自己的命运

此刻，支流里的河水

如此安静，如此澄澈

它们已穿过村庄，流过土地

感知过人间冷暖

等待时机，奔赴下一个轮回

这些支流与母亲河相连

你永远无法数清它们有多少条

不知是万涓归宗，还是殊途同归

回流的河水，一条河伸出

一千条手臂，一万根血管

它们承载着黄河两岸

城市和村庄，百姓故事

还有黄河流域，即将到来的春天

黑刺沟，清水河

固原，开城以西的山岭
云层如薄雾笼罩
我们如一阵穿林的风
沿着村道向大山深处进发
八月的柔美一路相伴
内心的畅然蔓延着山水的气息

黑刺沟，当我迎向你
一片宽阔的水域呈现在我眼前
蓝天白云，绵绵群山
还有绿树掩映的村庄
它们注视着自己在湖水中的镜像
我已置身于一幅静美的山水画卷

黑刺丛和各色野花在山间匍匐前进
诱惑我的不只是绿风起舞的山野
还有清澈的湖水
梯田式的堤坝，渐次延伸
一泓溪水在山间逆势而上
我们一起走近这座大山温润的心

我们在一潭溪水边驻足

这里就是清水河的源头

每一滴水都从湿润的泥草中渗出

草木浸染，静水无声

清澈的流水向着我们来时的路

穿越群山，最终投入母亲河的怀抱

人生旅途与一条河流的渊源

那是一次又一次难忘的遇见

曾为我引路的人，情谊山水可见

黑刺沟，让我心中越来越透彻

清水河从这里发源

河水中流淌着我四季的思念

野草无名

晨风在山间掀起波澜
我们就在此驻足
连绵起伏的群山
我不知道，这里为何叫黑刺沟

红柳树、黑刺丛、野枸杞……
山路两侧爬满低矮的灌木林
野菊、打碗花、紫色苜蓿……
它们在编织一个绚丽的秋天

我只是一个匆匆过客
这些无名野草才是山的主人
它们不是零星的点缀
而在舒展着一座山的卓越风姿

一望无垠的天地间
山有名，只是我叫不出名字
花无名，草也无名
只是缘于我肤浅的认知

山有草木，才可谓青山

水本无色，何以称为绿水

我在寻觅四季的风景

黑刺沟的秋天正在深情诉说

山乡寨科

八月的风漫过山野

离开固原，一路向东

乡道在山间起伏蜿蜒

此行，我们为黄河而来

穿行在群山深处

我要去寻找黄河的孩子

那些沉寂在群山深处的支流水系

山岭渐渐卸下浓妆

我和村庄一起爬行

越到山顶，庄户渐渐稀少

生活越来越艰难

山峁上每棵树都顽强地活着

每一片绿色，和这里的人

都有着山一般的勇毅和坚强

在这里，我就是大山的孩子

远方沟畔上散落着废弃的窑洞

与伫立一旁的砖瓦房形成鲜明对照

这些历史的烙印

它们在岁月的风雨中沿山而立

它们记载着所有的卑微与孱弱

也见证着时代变迁

还有，黄土高原的伟岸与坚韧

路过一个名叫寨科的乡村

我看到山崖上零星的无名草

在荒原上不声不响地四季更替

虽然它们静默不语

但它们顽强生长的地方

那裸露的山体

就是这黄土高原挺立的脊梁

遇见苦水河

环县西北，我们在此逗留

花石山浓缩成黄土高坡的轮廓

这个名叫新庄沟的地方

我们如一阵山风在河谷中集结

细长的流水之源，泥沙之下

是一眼看不见的泉

它们带着滴水穿沙的温润冲破泥土

几汪这样的山泉，或许更多

从不同的方向汇聚而来

一条刚没过脚踝的溪流

水流很细，无声无息

更多的是浅滩，我们称之为河床

这里就是苦水河的源头

或许，它是黄河最小的孩子

我们的突然造访打破山谷的寂静

我掬起一捧溪水，轻轻品抿

果然有略微的苦涩

从此刻开始，我们沿着河岸

一路追寻，在不同的地域

数次遇见，遇见苦水河

最终目送它们投入母亲河的怀抱

这条河从细小的溪流变成宽阔的水域

它钻出黄土丘陵的沟壑

它的洪流冲破鄂尔多斯台地

在河套平原上划出一道优美的曲线

它流入黄河，就有了母亲河的秉性

探望环江

一个人逗留在环江岸边

只有晚风在江畔

轻挽着、牵着我的手

柳丝拂面，眺望彼岸

江对岸远山起伏

在我身后是浓密的林荫

这是一路走来

黄土高原别具一格的柔美

夜空中一轮圆月充盈而皎洁

脚下宽阔的不是河水

而是浅滩，在江底

一条狭长的水道哗哗流淌

江岸广场上熙熙攘攘的人群

伴着几种曲风的秦腔

一起融入环县的不眠之夜

我不是独行侠

只想多看一眼这高原上的江水

我们来自黄河岸边

这座陌生的城市其实并不陌生

至少还有头顶的月光

还有黄河水，一路逆行而上

跳越三百米的海拔

在盐环定，它们每一天都在抵达

此刻，凝望江底的流水

永远不知疲倦地奔涌

如一匹小马驹奔向时间的缝隙

它最终要投入母亲河的怀抱

或许，有一种可能

等我们返回黄河岸边

正好截住，一捧今晚遇见的环江水

河滩上的石子

一颗玉化的石子

需要岁月的洗礼

色彩斑斓，圆润透亮

一块黄河玉的价值在于

有人赏识，即便被泥沙深埋

或者，晾晒得太久

也可望在时光的磨砺下成长

一个人如同一颗石子

经历了半生风雨

我们鼓足勇气去寻找

石头里的春天

每个人都有自己的收获

生活的颜色渐深

我看到几块发光的石头

闪动着彼此珍视的光芒

远行的秋天 ◀ 第四辑

风行南岳（组诗）

一

南岳衡山，沉浸在八月的盛夏

在似火的骄阳里，我来了

只为心中的一份执着

在衡山之巅吟诵一首诗

这世上很多地方

一生只能来 ·次

很多人一生只能谋一面

我只是一阵匆匆而过的风

在此停止，短暂驻留

诗意涌动的南岳

我们相聚，缘于心中共同的热爱

二

风来雨往

吹醒冗长的梦

淋透失重的心

然而，还有无法泯灭的激情

一代诗人扯动时光之轴

让灵魂悬浮于山峦

肉体化作葱郁的草木

最终，它们被青山绿水俘获

燃烧青春和生命

它们心中的吟咏和歌唱

诗歌的芬芳在岁月中流淌

三

弹指间，十年光景

时间的足音依旧清晰

优美的诗韵，雄浑的节奏

我一直在不停追赶

南岳衡山，这片诗歌的土壤

登山是此行不可少的行程

穿林的风驱赶着酷热

山间泉水飞溅着动听的歌

远方的峰峦沉寂入云

脚下陡峭的石阶，连同我

一起淹没在浓密的林荫里

此时，一个人就如一棵树

远离城市的喧嚣

漂浮悸动的心，得以安宁

四

夕阳隐遁于山后

山谷的风驱散了天边的一抹红霞

阵阵悦耳的蝉声

是山野中唯一的喧闹

如天籁般沁人心肺

山坡上一片茂盛的茶园

青枝绿叶，永远葱绿

体内蕴藏着清凉

我的心如一杯香茗饮下

垄间的绿茵上

我看见几只彩蝶翩翩起舞

它们用一颗感恩的心

亲吻大地，亲近一方水土

塔川秋色

远山苍茫，我置身于塔川

晨光里的村庄更加清晰

如此绚烂的秋天

我从缤纷的景象中追寻夏花的影子

融入塔川秋色，心在徜徉

如果，我是一只南飞的雁

真想在这里衔一抹秋景

给家乡的朋友们一点颜色

从塞北的初冬到黄山的深秋

我如一阵风追赶时光

秋天绚丽的色彩在脚下延伸

塔川，一树红叶独立成景

我的心回到千里之外

从黄河到长江，从贺兰山到黄山

我走出了故乡，却走不出乡愁

我走不出季节，也走不出思念

呈坎八卦村

呈坎，黄山脚下

时光把历史风干成记忆的碎片

阴阳八卦，乾坤扭转

青瓦白墙是徽州人

向往的一世清白

马头墙高耸着徽商挺立的胸膛

在那个遥远的年代

徽州女人一生走不出这样的村落

男人的半生也漂泊在异地他乡

这些具有徽派风格的古老宅院

见证着徽州男人奋斗的艰辛

还有徽州女人血与泪的坚守

这座古老的村庄

一条护村河在外围环绕

一片荷塘静卧其间

远方黄山的余脉峰峦叠嶂

已至深秋，荷塘边上

一座巨大的水车转动时光之轴

一池残荷送走了无数个秋天

迎来了我，如一阵风逗留

在这里我听到人世间

最真诚的祝福

走过呈坎，一生无坎

两棵连理树

皖南，黄山脚下的黟县
我沉迷于塔川秋色
震惊于眼前绚烂的秋色
所有景致都抵不上一个仰望

两棵树如生死与共的兄弟
它们并肩为林，成为参天栋梁
其实，这是两棵雌雄树
一对朝夕相伴的情侣

它们根已相连，枝已连理
它们牵手同行，走过百年
它们挽着一缕阳光彼此为荫
它们将爱情的箭射向苍穹

两棵树落叶飘零，已不分你我
只有穿林的风是它们爱的低语

黄鹤楼，诗人的仰望

黄鹤楼，天地山水

无数文人志士为你倾倒

留下了无数不朽的诗章

散发着千年茗香

黄鹤楼，你是诗人的仰望

"孤帆远影碧空尽，唯见长江天际流。"

李白的千古绝唱谁能超越

"青山万古长如旧，黄鹤何年去不归？"

贾岛驾鹤西去，只留下永世的疑问

"清江度暖日，黄鹤弄晴烟。"

这是宋之问留下的山与水的仙境

"城下沧浪水，江边黄鹤楼。"

诗人王维眼中的一座城、一江水

都在黄鹤楼深情的注目中

如此唯美，如此震撼，经久传唱……

黄鹤楼，你是诗人心中的仰望

我曾无数次呼唤你

走近你，靠近你

那个秋天，我融入你的怀抱

黄鹤楼，你的包容和豁达映射着

武汉三镇的博大胸怀

你的目光含着一江秋水的柔情

你用横亘古今的诗韵词风塑造自己

你在历史的浩渺烟波中伫立

你在时代的浪潮中凝望

那是你闪烁古今的华彩

你把荆楚大地岁月的长河

潇洒千年的背影

转化成激情奔涌的诗句

凝练成亘古不朽的绝章

民丰湖，诗意沉醉的夜色

民丰湖，晚风簌簌

浓情的诗意

沉醉在微醺的夜色

荷叶在水中舒张，浮萍丛生

苇岸如此舒缓，繁花香氤

芦苇摇曳，丽影婆娑

湖面泛起一抹淡淡的流光

远方的地面，九曲长桥静卧湖面

景观塔伫立湖心，凝望

水中晃动的月影

亲水平台，以一个飞翔的姿态

如同这波光粼粼的湖水

敞开心怀，迎接远方的客人

……

民丰湖，在深情注目中

展开一座城市的轮廓

透着令人向往的神秘

多么想在这样的夜色中

安享一座城市的静谧

湖光水色散开点点涟漪

秋水潋滟，一湖相思浮出水面

是谁把柔情投进湖水的波心

如此温馨的夜晚

仰望夜空，一轮明月望穿秋水

诗意流淌，诗韵泓涵

临夏，探秘逝去的人间烟火

掀开历史的扉页

临夏，走进她历史的深处

江山如画。黄河穿越崇山峻岭

开辟出一条时光隧道，深邃悠远

大夏河，洮河，湟水，广通河

多条水系融汇成她丰沛的血脉

山河壮美，孕育生灵万物

从旧石器时代到新石器时代

马家窑、齐家文化残存的遗迹

远古的人间烟火化为灰烬

青铜时代，辛店、寺洼文化

记忆的碎片散落人间

边家林、齐家坪、半山遗址……

时光的利剑刺破苍穹，千年以后

它们是一种文化符号，成为历史的积淀

临夏，探秘那些逝去的人间烟火

突然发觉，这方土地神奇而厚重

寄一颗诗心去看海

美丽海棠谷，我一直在想象

你有着怎样的人间四月天

我在遥远的塞北，已然感到

海棠花海中氤氲着浓郁的诗情

那满园的海棠春色在等我

那陌生而亲切的乡情在等我

我从未如此亲近你

那么多久违的诗意涌动在你的花季

我真想此刻就出发

去金口赶海

去那山河澎湃的诗潮里

做一朵幸福的浪花

海棠谷，吹着海岸的风

我想和一棵海棠树一起伫立

我想和一树海棠花一起绽放

我想赶在你的花期去投奔你

那千万朵花瓣

多么像在风中起舞的蝴蝶

它们一定懂得乡情

我就像一只蝴蝶驻扎在花间

静静地聆听，海棠谷的乡音

美丽的海棠谷，此刻

请原谅，我只能以相思抵达

我想寄一颗诗心去看海

在那里，有我失散多年的诗和远方

印象汉中

华夏之美，我的目光停留在汉中

这片锦绣山河

静卧在秦岭和巴山之间

行走在山水之间，感受她的诗情画意

亲近一种自然神奇的意象之美

汉中，一片钟灵毓秀之地

南靠巴山，北倚秦岭

她在两座山的深情眺望中孕育

海拔三千米的兴隆岭

纵横交错的河流，汉山汉水

让她享有"小江南"的美誉

印象汉中，人杰地灵

刘邦建大汉王朝，张骞出使西域

韩信拜将台、张良庙、武侯墓……

帝王将相，菁杰志士

智慧的汉中人演绎着

悠久的历史，也积淀着厚重的文化

印象汉中，溪流碧水选择江河

在这里，南方和北方很近

只相隔一道秦岭

秦岭和巴山很近

只有一首诗的距离

诗吟汉中，我在山水之间沉醉

武侯墓冥想

定军山下，风景秀丽的勉县

三国时期，杰出政治家、军事家

诸葛孔明长眠之地

高大宏伟的武侯墓诉说着历史的风云

春秋寒暑，苍翠的古柏守卫一旁

两棵桂树长相厮守，遮蔽经年的风雨

九冈八溪，山水环抱，古木参天

殿堂神龛之上，诸葛丞相安然落座

虽然，这是一座彩饰泥塑

但他依旧神情淡定、目光深邃

此情此景，每一个到访者

无不浮想联翩

斗转星移，时空轮转

回到东汉末年

回到战火纷飞、烽烟四起的三国

那段三顾茅庐的千古佳话

你吟一篇《隆中对》，决胜千里

火烧赤壁，火烧博望坡

三分天下，一举奠定蜀汉基业

你七擒孟获、六出祁山，一生征战

指挥千军万马驰骋疆场

你运筹帷幄，运用韬略以弱胜强

你足智多谋，已成为智慧的化身

墓后新月之地，如长眠之弓

平地三面，一脉相承

我曾在安徽黄山，歙县呈坎

一个依据阴阳八卦建造的古村落

相传也出自卧龙之手

抵御外敌，堪称典范

我曾造访成都武侯祠

在清馨竹韵之间感受诸葛先生

闪烁千年的传奇人生和智慧之光

时至今日，当一盏孔明灯照耀夜空

那闪耀的灯火，也是来自民间的祭奠

如今你静默不语，令人不禁冥想

据说，你上知天文、下知地理

能预知身后五百年之事

历史的脚步永不停歇

如果你从岁月的长河中穿越

看到这里历经千年的沧桑巨变

你会作何感想

你是否会钦羡这个时代

你是否会轻摇蒲扇，低头深思

开始预言，下一个千年

拜将台遐思

汉中城南，阅马场

拜将台巍然屹立，两千余载

明修栈道、暗度陈仓

四面楚歌，十面埋伏……

韩信，这位熟谙兵法的汉军大将

为后世留下了大量的军事典故

统率汉军出陈仓，定三秦

破代灭赵，降燕伐齐

垓下全歼楚军，占据半壁江山

奠定汉室基业

这位楚汉时期的军事奇才

其用兵之道

为历代兵家所推崇，必将名垂青史

山河岁月，烽烟散尽

经过历代战争洗礼的汉中

依然留存这座雄伟壮观的古汉台

它带着几分神秘

屹立于风雨中

诉说着两千年前这里的真实一幕

英雄功绩，是一部不朽的史诗

英雄之死，是一曲旷古的悲歌

我们崇拜英雄，祭奠先贤

拜将台，历史的画卷

在华夏地理版图上

永久镌刻，一个地方，一个人

石门，古老的栈道

汉中以北，石门

险山秀水在此静候

这里奇峰苍翠、怪石嶙峋

荡船石门水库

高峡平湖尽收眼底

湖面碧波荡漾，翘首远方

古老的栈道和无数摩崖石刻信步而来

石门水库，润泽汉中大地

留恋湖光山色

徜徉在文物古迹的长廊

历代文人墨客绝笔提留

石刻苍劲有力

感受两千多年的时光

分段凿刻在峭壁摩崖之上

积淀着深厚的人文地理和历史文化

修筑于西汉时期的山河堰

世代浇灌汉中沃土

石门隧洞，我很难想象

古人竟如此智慧

开山凿石，火烧水激

开凿出一条中国最早的人工隧道

成为连通中原、西北、西南的战略要冲

战国时期，这里就凿建褒斜栈道

汉魏褒斜道，隋唐七盘道

明清连云栈道，还有

明修栈道、暗度陈仓的典故

就发生在这里。古老的栈道

石门，被称为世界第九大奇迹

成为汉中历史长河中永远的碑碣

泸州，饮不尽你诗酒香

我曾在巴山蜀水诗意行走

泸州，我与你相识已久

只是，我们未曾相遇

你静候在川南的山水之间

沱江与长江相汇相融的臂弯里

你沐浴着千年的诗风

山河水系，流淌着款款诗情

我在梦中抵达你

那浓郁的酒香是我熟悉的味道

我在合江的笔架山上

诵读屈原的《九歌》与《离骚》

引千年诗风，谱一支《招魂》曲

我在赤水河畔，吟一首《将进酒》

你跳动的心脉追寻为我壮行的诗音

伫立叙永罗汉山

唱一阕"把酒问青天"

这些亘古绝美的诗词

流进你的血管，烙在我的心坎

华夏大地，这古老的诗国

泸州，饮不尽你诗酒香

点亮一程，浸透心灵的诗酒人生

一溪水长，一杯佳酿

泸州老窖，浓香国酒

徜徉在你久负盛名的诗酒田园

激扬人生，或者低吟浅唱

都是我心中的向往

你用两江之水酿一壶老酒

你以翰墨丹青描绘江山诗画

而我，如一阵穿林的风

投入你的心怀，尽情颂扬

泸州，山河涌溢着诗酒人生

我用一纸微醺的诗草

敬你，琼浆氤氲的诗香

都江堰，一条神奇的鱼

都江堰，你带着千年的思绪

从悠悠岁月中走来

你嵌入川西的绵绵群山

任由旷古的风穿谷而过

有多少重峦叠嶂

就有多少细流汇集

让我尽览山的雄奇和壮丽

让我品茗水的俊秀和柔美

秦时郡守李冰

借山水之势筑堤为堰

从此，川西的千里沃野再无荒年

巴山蜀水之间，百姓耕有其田

如今，你经历沧海桑田的变迁

浇灌巴蜀大地，在时代浪潮中激荡

你见证了成都平原广袤的土地

天府之国，瓜果飘香，五谷丰登

都江堰，岷江水系一条神奇的鱼

昨天，我穿行在成都锦里

在茫茫人海中

沉浸在武侯祠浓郁的三国文化中

青城山，都江堰，岷江水

我看见那张开的鱼嘴

将滔滔江水分流

汹涌流淌到这块土地

悠久的历史积淀

还有，灿烂的文化和不老的传说

开封笔会札记

华夏大地，东西南北中
我们代表不同的省区
相聚在八朝古都的开封

这是一场文学之旅
一次充电，一种团聚
更是一次文化的洗礼

老家河南，古城开封
经历过多少苦难和黄河水患
毅然坚守，执着奋进

一座城压城、城摞城的城市
开封，在朝代的更迭中
积淀着悠久的历史和厚重的文化

城墙内外，诸多名胜古迹
楼阁亭台，诗风词骨
诉说着这座城市的底蕴和内涵

这个冬天，这座古城

我留下开封宾馆冬天的落叶

带走了开封笔会文学的记忆

缘于文学，一次短暂的相聚

我们惜爱文字、珍存情谊

还没来得及道别，就开始了思念

翰园碑林

隆冬时节，古城开封

一座寂静的园子

中国翰园，我们来得正好

古色古香的园林建筑

庄严肃穆，古朴优雅

清澈的湖水，奇秀的山峦

是这座古典园林独特的景致

走进中国翰园的碑廊

我就是一个虔诚的书童

这里是书法艺术的海洋

商周时期的甲骨文

是中国象形文字的起源

篆隶、魏碑、楷书、行草……

中华民族浩瀚文化之光闪耀在历史的长河中

古城开封，中国瀚园

一座文化底蕴深厚的中国文化碑林

一座溯古论今的书法艺术宝库

一个多元素融为一体的文化旅游胜地

一个古代诗词文化的文学艺术瑰宝

一部东方古国和华夏文明的发展史

一个促进世界文艺交融的广阔舞台

沿着湖岸，透过绿风舞动的垂柳

我凝望雾霭迷蒙的瀚园湖

对岸的山峰险峻、松柏苍翠

走进幽深的小径，在水中阅览山色

仰圣山下，一道瀑布挂在山崖

伫立石桥，不知不觉

我已融入一幅风景宜人的山水画卷

铁塔公园

岁末年终，晨雾迷蒙

我们就在此停止

古城开封已成仙境

一座寂静的园子

铁塔公园，我们流连于此

我看见一座高耸入云的塔

一座赤褐色的琉璃塔

驻守千年，历尽岁月洗礼

它已习惯伫立和凝望

它见证着一座古城的历史

今日开封，铁塔公园

这里是河南大学的后花园

我们在铁塔的瞩目中离去

转身回眸时，我看见

一个清丽的身影伸向云端

一柄利剑斩断世俗

它微缩成一根文化指针

它是我行走远方的碑刻

在新时代的浪潮中

它正意气风发，指点江山

荔波，访邓恩铭故居

从贵阳到荔波

山峦起伏，沟壑纵横的丘陵

阅不尽青山绿水

一条青色的腰带穿行在山间

进出乡关的桥梁和隧道

让这片锦绣之地，天堑变通途

空山新雨，天色渐沉

在荔波县城的一隅

一座安静的院落接纳了我

几间古朴而简陋的药房

一棵枝繁叶茂的古树

一座塑像，令人肃然起敬

荔波是邓恩铭故里

这里是邓恩铭故居

作为中国共产党的创始人之一

我从一首诗走进一个人的内心

走进他的革命生涯

走进他用鲜血和生命诠释的红船精神

这不是我最初的印象

走出邓恩铭故居

我仿佛看见一百年前

浙江嘉兴南湖的那艘红船

甚至早年,为寻报国之路

他走出黔贵乡关的脚印

从南雁北飞到投身革命

舍生忘死,英勇就义

这是后人必须浓墨书写的红色记忆

我们致敬英雄,缅怀英烈

悲壮,是从生到死的一瞬

追思,是对恩铭精神永远的追思

守望瑶山

天色阴沉，我在此停止

青山似脊，千里碧浪

掩映着山体间的七彩丹霞

这是荔波之南一个寂静的山村

我在惊奇中凝视烟雨中的村寨

不知不觉，已融入一幅画的底色

山谷的风吹向同一个地方

蘑菇屋，吊脚楼

在瑶山，山下有山有水

小七孔的溪水中荡漾着锦绣荔波

瑶山上只有山，没有水

瑶山之外，依旧是望不尽的绵绵群山

白裤瑶族，一个淳朴的民族

男耕女织，以狩猎为生

养活一个小家不易，过上好日子更难

小小的蘑菇屋，防潮防火防野兽

这样的"空中楼阁"，也束缚着自己

守望瑶山，他们坚守着自己的家园

三位年迈的瑶族阿婆在墙脚边织布

真想看看她们年轻时的容颜

她们那时一定很清纯可爱，比瑶山更美

从喧嚣到宁静，村寨里

每个蘑菇屋都亮着一盏灯

一种伟大的爱温暖着祖国的壮丽河山

赤水河，茅台镇

今夜，我坐在赤水河边

茅台镇已灯火阑珊

河水在霓虹深处静静地流淌

对岸的山上一片璀璨

山顶的灯火与夜空相连

那是我刚去过的山岭

此时，隔着河岸再次凝望

我的心又一次融入星辰大海

漫步于赤水河畔

轻柔的晚风，浓郁的醇香

蹒跚的步履与山路无关

小酌或畅饮，豪放与风雅

都会倾倒在这微醺的夜色

迷蒙中，我听见杀声震天

英勇的红军在此渡河

火把擦亮了夜空，硝烟在河岸弥漫

茅台镇，遥想当年

红军战士在这里渡过赤水河

用茅台酒疗伤御寒，休整壮行

奔赴云贵川，翻雪山，过草地

抵达长征伟大的胜利圣地——延安

如今的赤水河，这条红色的河

这条因长征而久负盛名的红军河

河水中流淌着两岸百姓火红的日子

还有多彩贵州、红色中国、醉美的时光

厦门札记

四月的风多么轻盈

掠过黄河，西北到东南

我在祖国辽阔的版图上

画出一道优美的弧线

飞机的翼展覆盖着一座岛屿

鹭岛厦门，一座如诗的城市

我来了，在春暖花开的季节

我将拥抱那久违的面朝大海

夜晚的海滨，潮水已退

海风扑面，海浪在夜色中起舞

大海是最好的乐手

海岸边那些形态各异的巨石

那是大海的音符

沙滩的琴键起伏，浪花轻唱

今晚，我在厦门的海边听涛

从此，心里驻扎着一座岛

城市的霓虹透过石群

此时，我惊奇地发现

一块石头如一个酣睡的孩子

再远一些，又如一位美丽的少女

放松身躯，沐浴四季的海风

沉浸在大海的歌声里

登上一块巨石，极目海面

我不知道，那是浩瀚的南海

或者，对面就是祖国的宝岛

我牵挂着、向往着

也期盼着它，早日回归

波浪谷，走出黄昏的剪影

曾经游历过几次陕北

却一直不知靖边有个波浪谷

她像一个从楼兰古国走出的女子

深藏着自己的身世

最终被世人发现

她的确做到了惊世骇俗

天色渐暗，雨意甚浓

十月的波浪谷，人海也在涌浪

那些裸露的红色丘陵

点燃一片赤焰丹霞，气势恢宏

眼前掀起一片势如江河的巨浪

滚滚向前，似乎永不疲倦

走在波浪谷狭窄的栈道

我看到秋风在岩石上雕刻时光

那些石头翻起形态迥异的浪花

汹涌的波涛，升腾的细浪

我仿佛置身于一片红色的湖泊

红色的河流，红色的海洋

我走出波浪谷黄昏的剪影

黑色山口，秋风在峡谷中舞蹈

我们走了，还有更多的人来

身后的波浪谷如一个婆娑动人的女子

她走出深闺，无法再过隐居的日子

这座叫龙州的村镇，不再沉寂

河西走廊

打开十月的门扉

我把自己疾驰成一阵风

穿越这片古老的土地

历史与现代，在河西走廊交融

而我就是一朵小小的浪花

在这千里长廊中不停地奔腾

那是一段尘封的岁月

一条蜿蜒曲折的古老通道

穿越戈壁，见证历史的沧桑

河西走廊，那是丝绸之路的咽喉

连接东西方文明的纽带

丝路文明，深深刻在这片土地上

如今，铁马金戈的狼烟已然消散

然而，时代的风云又在此汇聚

从祁连山的雪水、黄河的涛声

到景泰石林的自然奇观

从张掖的丹霞到敦煌的莫高窟

壮丽的史诗在河西走廊的脉络中流淌

嘉峪关，绿洲与沙漠共舞

我们像一阵风就此安顿

天下第一关的雄壮让人豪情万丈

古老的故事在新时代中重新唱响

只想说，今夜我没有漂泊

我只有一个远行的故乡

景泰石林

景泰，黄河水穿越崇山峻岭

在这里悠然转身

峡谷之地，我们在此驻留

午后的风穿行而过

峡谷中涌动着十月的人海

这里的千座奇峰，万座山峦

没有石头的石柱，没有草木的石林

它们经历千万年的沉寂

它们的万千姿态，不知不觉

心已融入雄伟厚重的石林岁月

景泰石林，这大自然的杰作

我在不同的角落设计天空的形状

此时，透过缝隙的阳光

如一柄利剑刺向我

在心里留下了难以磨灭的印痕

返回时，一阵风拂过石林

洗涤世间的喧嚣

悠扬的旋律回荡在耳畔

景泰石林，当人海退潮

留下的，依旧是美丽和神秘

张掖，七彩丹霞

昨夜，在张掖临江
我把自己安顿在这座小城
就像秋风吹落的叶子
今晨，我把朝霞披在肩头
只为在这里遇见
七彩丹霞的旷世容颜

七彩丹霞，奇峰异石
在重峦叠嶂的祁连山北麓
绽放出令人惊叹的色彩
把我的目光引向遥远的过去
或许是远古时期
地壳运动，天崩地裂的瞬间

在这里，大自然的鬼斧神工
交融在时间的长河中
是谁惊动了太阳神的笔
高台之上，山谷间的交替光影
大地和远山都是神奇的调色板
让人心醉神迷、流连忘返

张掖，行走在这片土地上

这里的每一块石头

都诉说着岁月的故事

风景如诗如画，真实又梦幻

那是一种燃烧的激情

一种沉静的浪漫，永不褪色

敦煌古城

马蹄声响，在大漠尘烟中

一座古城演绎着一个个不老的传说

见证着丝绸之路的繁华与落寞

城外千年的沙漠和戈壁

掩埋不了城内的繁华

呈现出的是一条穿越时空的隧道

敦煌古城，是岁月的痕迹

风雨洗不尽这座古城的沧桑

在这里，千年的历史在岁月中沉浮

沙漠明珠，丝绸之路的荣光

敦煌古城，不同于莫高窟壁画

这是剪辑在岁月光影中的历史片段

敦煌古城，这里是西域

一座久负盛名的影视基地

就在河西走廊以西，就在敦煌之外的敦煌

嘉峪关

我们在日落前到达
古老的长城沐浴着夕阳
天下第一雄关在万丈霞光中
披上金色的铠甲
接纳我们，还有涌动着的人潮

雄伟的城楼
向两侧延伸的长城
每个人在这里除了躬身膜拜
最多的就是抬头仰望
还有就是伫立城墙无尽地远眺

站在城楼上，思绪飘向远方
我听见马蹄踏过的声响
铁骑如龙的气息
铁马金戈的传说
历史的烙印深刻在心里

雄关漫道，大漠孤烟
漫天扬起的黄沙

诉说着曾经的辉煌

我看到一骑绝尘的信使

还有烽火狼烟里的万马奔腾

嘉峪关，古老的关隘

见证历史的荣耀

荒漠中孤独守望千年的沧桑

当岁月洗尽铅华

留下的是依旧是坚韧与刚强

悬壁长城

嘉峪关，关城口

雄伟的悬壁长城凌空倒挂

沿着山脊攀登

一道铁壁铜墙如一条巨龙

穿越千年时空走向我

带着一种强烈的压迫感

那陡峭的漫道和垛墙

还有崖畔上悬挂着的三座墩台

如此凝重而庄严

每时每刻都是一种无声的诉说

朝霞映照在古老的城墙上

长城的悬臂熠熠生辉

我走进烽火连天的古战场

战鼓震鸣的杀喊声响彻长城的尽头

勇士们挥剑，血染边疆

一道长城隔开古时的两国

如今，长城内外都是华夏

关外大漠的荒凉从苍茫到苍远

悬壁长城眺望着远方

时刻诉说着嘉峪关的神奇和神秘

夏风的低吟

第五辑

夏风的低吟

朔方大地，旷古的风展开历史的悠远

撩动心弦，诉说塞上江南的神奇

我在你山与水的怀抱中徜徉

迈步走进，你山川共济的时代

群山起伏，那些草木和花朵

它们把一茬又一茬的生命献给大地

岁月山河，一个人以风自喻

只想说，我一直深爱着你

你唱着嘹亮的"花儿"四季奔走

你抖动黄河的飘带，舞动青春

你在疾驰而过的岁月，闪烁星光

我的嗓音并不高亢，但我只为你吟唱

故土之上，我从梦中醒来

依旧踏上追梦的征程

心中有座城

初夏的夜风带着些许清冷

蜷缩在沙发一角

我在午夜的新闻中惊醒

血雨腥风的世界，看世间万象

此刻，窗外升起的月光

也在失眠。想象开启又关闭

一个人，走进记忆之门

一条路，一直不停地走

走到天黑，把黑夜走亮，走出晨光

荧光微亮，四周一片宁静

是谁拨响了我的心曲

我驻扎在诗意的边缘

心中有座城，无人知晓

那是我自己的江湖

我已不是追梦的少年

也许，我只是

习惯了在梦中追逐和逃离

思绪漫过夜晚

月光沉默了很久

思绪漫过夜晚的宁静

如一只夜莺

成为这座城市孤独的歌者

我梦见自己渐渐老去

然后从梦境中惊悚而起

我从夜幕中打捞出星辉

照亮前路

或许到那时

一切已成过往烟云

我把一生的虚荣写在纸上

没有人会记得

我只能用余生去回忆童年

从白发里寻找匆匆流逝的光阴

聆听春声

北风减弱了，我在聆听春天的声音
城市和乡村弥漫着春的气息
白天的社火，夜晚的灯火
驱赶寒冬朝着远方退去

在黄河岸边，我向河里投掷石块
听到石块打着水漂的响声
河面划开的伤口只瞬间便愈合
满载冰凌的河水从眼前匆匆而过

一个人打着水漂的半生
在这尘世上难以留下一丝痕迹
沉没在水中的石子，沉沦在世上的人
有怎样的漂泊，就有怎样的命运

我依旧在聆听春声，在我身后
苏醒了的田野，春的脚步款款而来

生命的渡口

从某个时候，梦想似炊烟升起
从未停止过奋斗，追寻了很久
生命在静候，命运不断错过
思想落魄，只剩下执着

坚守的爱情天长地久
别当成失去自由
追逐一生的梦想任时光流逝
心中的苦痛有谁还记得

天穹倒塌，心不在心里
一路风尘，眼不在眼中
从寂寞到冷漠，人们人情淡漠
失去的青春何时再振作

蓦然回首，在生命的渡口
一个人的路，只能靠自己走

落叶

在一夜寒霜之后
又一次听到那跌宕起伏的声音
秋天的风，落叶随风而舞
色彩斑斓，树叶告别秋天

绿叶依旧在枝头颤动
它们失去了光彩终将老去
变成夕阳的颜色
天上的云彩铺满地面

并没有静静流淌的溪水
天空的倒影在地上
秋风的情侣，秋天的爱人
目送夕阳沉降在地平线以下

一片落叶信手翻阅一个秋天
脆弱的叶心里依然藏匿绿色的梦

天涯之外

我想朝着沙漠的深处走去
走向天涯，走向天涯之外
看到了方向，就去追寻
走出希望，蹚出绿色

一场风抹去身后的足迹
凝缩成一个沉默的守候者
一个人走孤独的路
心灵在远行

曾经在黄河岸边
模糊的倒影在河水中
眺望远方的彼岸
激流奔涌，脚下没有出路
我还需要一条船、一叶帆

从天涯之外回笼的心
家是永远的方向

一片枫叶的光

岁月如风而逝

打开记忆的天空

一切印记从夜空抹去

一颗苹果坠落在十月

被十一月捡起

生活从苹果的甜

陷入咖啡的苦

心灵靠近，心绪悠远

昨夜，你的忧郁蔓延

泪水支离破碎

我的天空是一片迷离的灰

起风了，我蜷缩在城市一角

如一片枫叶闪着浮动的光

试图照亮你，黑夜里前行的路

思绪是夜间的潮汐

无边的思绪是夜间的潮汐

深夜从心底泛起，黎明时平息

熬过整个冬季，终于等来春光

吹乍暖还寒的风

做未竟的事，走未完的路

唯愿在茫茫人海中现一片新绿

宁静的夜，那些璀璨的星辰

消逝于浩瀚的宇宙之前

它们一直在燃烧，就如同

我倾尽时间和精力的半生

迟早会被这股潮汐淹没

突然感觉，我褪色的青春

只是岁月丢弃的

一滴眼泪，或者尘埃

夜途中有一种心境

夜色苍茫，我一路风尘

穿过旷野的辽阔

路灯已至终点，路还在延伸

窗外一闪而过的树林

是夜途中唯一的风景

偶尔还有零星的鸟巢忽闪而过

它们兀立枝头，在风中张望

一条河的线条和一座城市的轮廓

河水始终睁着清亮的眼

似乎知道，我一直奔波在路上

此刻，突然有一种感觉

如果能够放缓青春的脚步

就不必在意一生的短暂

历尽山河，身后是你走出的江湖

心境如是，且看人间草木

如何度过，这深寒的夜

彼岸花

天空没有从前那么蓝

这个季节，云层里绽放花朵

河水的浪花凋谢，归于平静

远山的雪域闪过苍茫的背影

河面的冰凌盛开着流动的花

它们射出清冷的光，孤独漫游

我把一条路走成河流

只有途中的芬芳指引着行程

人世间最美的花总是开在心里

一朵逆流而上的浪花

也许会溺亡在通往彼岸的途中

时光的长河，生活的流水

我似乎看到峭壁上一株盛开的彼岸花

它凝望着河滩上一丛曾经疯长的草

彼岸花，追逐相隔季节的山水

在月光下暗含花香，彼此为岸

想念一朵梅

塞上风寒，蛰伏或抗争

世间万物都有自己的选择

深夜醒来，想起

一树梅花盛开在梦里

它饮尽苦寒，弥散芬芳

敛隐心中的苍凉和冷傲

它将热烈的激情绽放人间

山河一片素颜，它却如此灿烂

特别想念一朵寒梅

想把自己置身旷野

宁可伤寒，也不愿伤感

一个人把征途走成迷途

无欲无求。只坚守内心的孤傲

如一朵梅枝折花落，誓不低头

千年以后，谁都会尸骨无存

何不活着的时候，有一点风骨

季节的孤旅

寒风凛冽，我站在岭上

远眺大漠腹地的荒芜

远方的烽燧依然矗立在那里

一棵熟悉的裸根桑

一片枯草，再无生机

每次到这里都有不同的心境

多么想回到从前的征途

拽住季节匆匆的脚步

如果，一个人心有牵挂

远行，便不再是一次孤旅

凝神的时候

时间像一匹烈马

跑出一个空虚的自我

蔓延的思绪还未聚拢

又重新陷入凌乱

我们都曾年轻

只是，我已然老了

季节的孤旅在途中

那丛枯芦苇，那棵沧桑的树

风中摇曳着一个年轻的模样

我们一起去远行

我们一起去远行

比远方更远的天涯，或者海角

一起去江南水乡

去过小桥流水的日子

我为你摘一串南国的红豆

一起把思念还给山河

我们在江边做一回船家

夜宿山寨，或者竹林间的茅屋

我们一起去看大海

寻觅，那诗意融融的春暖花开

让我带你去远行

就像一只自由飞翔的鸟

历经八千里路，悦目壮美山河

我们一起去山顶赏雪

我要为你采一朵雪莲

我们一起去黄河

去看奔腾的波浪

去一趟草原

骑着骏马在风中奔跑

去一趟沙漠，牵着手

迎着夕阳，一起走进暮色

杯中月光

湖畔的风牵我的手

走进了一个人的相思

那虚幻的夜，缥缈的夜空

树叶上滚动的露珠打湿心扉

我饮尽酒杯里的芬芳

几句诗草开始变得的冗长

它们曾为我疗伤

也曾占据我心中的荒芜

清醒时，它们是我内心的缄默

如果醉了，它们会将我唤醒

夜色朦胧了你的双眼

我看到，酒杯里斟满了月光

一曲吟唱

晚风点燃了秋天的诗情

用一曲吟唱为我饯行

为我流过泪的人，让我迷失

让我内心变得脆弱

我在一首情歌中流离失所

然后，学会纵情歌唱

从满满的思念到心中一片空旷

很多时候，唱不出一丝声音

痛总是在心里

真正的痛是说不出来的

如同快乐和幸福

有时也无法与人分享

我写下几句零落的诗草

把心中的思念都寄托在纸上

秋锦图

正午的阳光透过林荫

湖水明亮的眸子

闪烁在深秋的森林公园

几声鸟鸣划过彼岸

岸边的芦草已近迟暮

苇秆枯黄，芦花散尽

艳羡着一串串柳叶

在秋风中摇曳婆娑的丽影

一池秋水阅不尽大地的绿

一帘翠色掩不住天空的蓝

立体展开的景，装点着

三个维度的空间

织成一幅秋色满园的锦图

填满我心中的空旷

秋风落叶

静候在深秋的浓荫里

聆听秋风轻扫落叶

森林公园，比往日更加宁静

此行只能停留片刻

眼前，一条沉静的水渠

穿行于林间，翠屏两岸

拥抱着一池秋水

渐渐消瘦的树林

蹚着枯黄的落叶

眷恋着水中的碧波

此刻，只有萧萧秋叶

飒飒秋风，为一场离别饯行

暮色中召唤

天色渐沉，我是一阵远行的风

丢失了影子。落日的残霞在风中吹拂

舞动成一条浅浅的丝绸

暮色凝重，黯然神伤

我看到远方的灯盏依次点燃

不经意间燃起思念

聆听心跳的声音

那是血液涌动的回响

白天与黑夜交替的时刻

为下一个白昼祈祷

祈求平安，祝福吉祥

此时此刻，风的语言

是最虔诚的祷词

从牧羊的歌声里走出来

乡愁，是留在故乡的思念

一个声音在暮色中召唤

远行的风，离家的汉子

心中有信仰，孤独是一种洗礼

心中有思念，寂寞是一种境界

窗外的城

窗外，午夜的风

正在穿越城市，也穿越我

风没有走远

就如我走不出自己的内心

风声里，有种声音在远方回荡

让我独享一首恬静的夜曲

湖畔的街灯一直清醒

冰封的湖面闪动着点点微光

成为这座城市午夜的一点明白

思绪飘向远方

那个我出生的村庄

离城市不远，那座老院子

如今的老屋很空、很寂静

村里的人都涌向城里

人们在追求繁华和安逸

然后，在闹市人群中寻觅安静

有些人离开了，就无法再回去

只留下记忆，和永远的乡愁

风雨季，一树盛夏

午后，天空突然暗下来

硝烟弥漫在城市上空

电光闪过，雷声翻涌

不只是暴风雨，还有冰雹

大雨如注，街道一片泽国

风雨侵袭着崭新的花朵

一片等不到秋天就飘零的落叶

最初的飞舞，就是最后的眷恋

生命如树，生如夏花

一个人在城市的喧嚣中沉静

假如你耐不住寂寞

等不到一朵花开，就不要看风景

此刻，我看着窗外的一棵树

它张开树冠，披一身新绿

它在迎击电闪和雷鸣

一树盛夏，没收了风雨

湖畔夕光

湖光潋滟，湖畔多么宁静

夕光隐入云层之前

湖面闪烁着耀眼的光亮

天空和水中有两抹夕阳

像一对彼此深爱的情侣

想彼此亲近，却被远山阻隔

即便同心同向，也无法到达彼岸

岸边的苇丛盛开着芦花

湖水中摇曳着清丽的芦影

它们在这样的秋水长天

只能挥别，各自活在自己世界

如同一位深情的女子

驻足湖畔，眺望远方

将一湖的思念荡漾水中

我们与你在一起

一只小鸟衔来三月的诗吟

一字一句，调理人生的风雨

我们与你在一起

所有的鸟鸣都是春天的歌唱

你根植大地，融入河流

你拥抱着草木和生灵

我只要你带来的暖阳

去温暖人生的寒凉

从草长莺飞到雪花飞舞

所有的诗人都是生活的歌者

我们与你在一起

俯下身，我们握手、相拥

就会看见美与善绿色的背影

中秋月夜

秋风掠过田野

秋雨洗涤过的塞上江南

落叶飘零，大雁远去

如旷野间的匆匆路人

中秋的气息从书卷中走出

塞北金色的原野上

是谁在这样的夜晚守候

银色的月光下深情地凝望

中秋之夜，东山之巅

有一抹黛青色的浮岚

遥望天边一轮秋月

阖家团圆是最美的风景

凝望秋月，是谁的双手

结满了厚厚的老茧

是谁的衣衫

渗出了带着咸味的血汗

秋天的风，归去来兮的路

异地归来的乡音

从内心出发，一路吟唱

那温馨的感觉遍布每个角落

阴晴圆缺的月，悲欢离合的人

这个夜晚，有相聚和重逢的泪光

这个中秋，有人在月光下思念

很多离乡的行囊还在路上

回归的人在月夜里团圆

独守的人在午夜里惆怅

我在中秋的午夜独自冥想

这个九月变得异常空灵

但愿，月光注满大地的杯盏

饮尽一切，悲欢和离愁

一切随缘，一切如愿

唯愿世间，月满，人团圆

明月送归雁

秋色正浓，打开十月的门扉

一个人只身走进旷野

俯下身，我躺在大地的怀里

我是多么渺小，如同一棵草芥

这秋景构成我全部的视野

我必须仰视一切。我是最合适的人

我在最合适的角度，在这里沉醉

几根芦草轻挽着秋风

它们在风中轻吟，似乎在仰望

它们送走了夕阳，迎来一轮明月

这枯黄的芦草在凋谢之前

我要给它们一个特写

秋风里，它们柔弱中的坚守

是一种挺拔、一种屹立、一种勇敢

此刻，我惊奇地看见

芦花的指尖伸进了一轮秋月

皎洁的月光映照着

这些特殊的舞者，在风中摇曳

多么轻盈的芦影啊

它们身披一层金辉，翘首企盼

这是一种殷切的呼唤，也是一种思念

几行鸿雁从远方飞来

它们趁着月光赶着归期

它们像一个个离乡的游子

向着故乡的方向日夜兼程

它们和芦花一起在月色中团聚

这瞬间凝固的画面，让我心底

在无际的苍凉中升起阵阵暖意

我不敢起身，这短暂的邂逅

我怕惊扰了芦花和鸿雁

这世间的绝美填满了我心中的虚空

无论展翅翱翔，还是放逐天际

唯有一轮明月才能消融

心中的十万相思，三千离愁

明月送归雁，飞出夜的苍茫

在我心中展开，一片天空的蔚蓝

寂静的园子

多少次在果木园

城市上空

我捧起远方夕阳的脸庞

一片霞光

在枝头盛开得如此妖艳

我们与草木为伴

一起呼吸泥土的芬芳

我们相约

探望盛夏的果实

离开的时候

这座寂静的园子

晚露在叶片上凝结

接续我们未尽的心愿

石板桥

我们在果园的水渠上

搭起一座石板桥

连接成一条幽静的林间小道

流水在脚下吟唱

石板桥两侧

白杨树为我们搭起诗意的篱落

人世间再小的桥

也连接着此岸与彼岸

只要心灵相通，殊途同归

搭桥的石板，铺路的砖

我们把桥连接成路

人生旅途，风景也在延伸

诗意栖息

这片果园，种几垄菜地

本来说好一起玩玩的

后来就越来越认真

这源自一颗纯粹的草木之心

这里的玫瑰有两种

可供欣赏，可以食用

无论怎样，我要做的

只是把它们种在地里

我们在地里播下种子

长出绿色，也长出诗句

这片田园滋养着诗情画意

那是我心中的一片新绿

我们曾在这里一起送走夕阳

多年以后，想一想就很美好

落叶拾零

初冬的午后

再次来到这座寂静的园子

此时的果园已失去往日的风光

但在我心里它依旧是风景

我看到一棵瘦身的树

枝头还有未掉落的红枣

默默坚守在凛冬时节

如同一棵被遗忘的稻穗

在秋风里做着颗粒归仓的梦

此刻，鸟雀的鸣唱为我送行

更多是风卷落叶的声音

田边堆积着厚厚一层落叶

心中升起些许伤感

一棵树带给人世间的是丰盈

留给自己的只有

落叶飘零，形单影只地守望

还有历经风霜的年轮

离开时，回望这座园子

一棵棵枣树在田野中裸奔

我不知道它们对一生

是否会开怀、释然

或许，它们也会怀念那段

盛装出彩、负重前行的时光

此刻，我们蜷缩在这个冬天

这座城市，唯愿我们

无论在哪个角落，都各自安好

风韵诗境 ◀ 第六辑

春风在路上

春风在路上

山坡上的牧草还未返青

羊群已然动身

我紧随着春风，赶早启程

我和春天进行了一场交谈

我问春风何时化作春雨

春的喘息中，沙尘揉到眼里

我把雾霾吸进肺里

一颗沙砾在眼中磨出血丝

涌出泪水，印在心里

一直渴盼春的讯息

我的旅途劳顿，从未忘记播种

我压低了三月的诗风

颠沛流离，步履维艰

梦想迈不出步伐，唯有

从梦里走出，再回到梦里

我沿着三月的足迹

脚步不再停顿，一路追赶

诗风词骨的硬，还有文字的暖

融雪的春天

年味正浓

一场春雪阻隔了远行

灵魂孤独的雪原，白得恍惚

晌午，一群麻雀从远处起飞

眼前的草垛上，升起

新年后的一阵欢腾

它们毫不掩饰冰雪封冻的饥渴

觅食一颗可以果腹的草稗

一场风雪斩断春的锋芒

旷野空寂，我看到零星散落

泥土的黑，始终静默不语

晌午的阳光里

我听到融雪的声音

希望的种子

萌发出心中的丰盈

就是这春雪中掩藏的真相

假如你的春天没有我

风声岁月，碾过这一季韶华
当时光无情地斩断青春的尾巴
生活从未降低飞翔的姿态

当岁月的沧桑刻在脸上
我没有停止追寻，无怨无悔
我向往春天，一纸诗草无眠

一直坚信，你在远方为我久候
远方不远，再远也远不出我的视线
久候不久，再久也只是一生的短暂

假如你的春天没有我
我在深夜搭起一道诗意的篱落
让诗情燃烧，梦想绽放

假如，你的春天没有我
我在冬天播下一粒种子
让它，长出春天

一纸诗草

久未入眠的风雪夜
年初到岁末，回忆也是一种旅行
回首往昔携手文字的诗意人生
感慨于砥砺行走的诗样年华

此岸到彼岸，只有一首诗的距离
风声淹没了这座城市
逐渐消弭的喧嚣。一纸诗草
将生活还原为平静而缓慢

我凌乱的笔午夜挥舞
那些琐碎的诗歌记忆渐渐清晰
擦亮黑夜的眼睛，闪耀星空
它们吟咏着涤荡人生的心曲

此刻，风雪在窗外长啸
雪花盛开的诗情
一纸春天的诗草呼之欲出
它们是我积攒的光阴……

一曲吟唱

晚风点燃了秋天的诗情

用一曲吟唱为我饯行

为我流过泪的人，让我迷失

让我内心变得脆弱

我在一首歌中流离失所

然后，学会纵情歌唱

很多时候，心中一片空旷

唱不出一丝声音

痛总是在心里

真正的痛是说不出来的

就如快乐和幸福

有时也无法与人分享

我写下几句零落的诗草

把一生的等待都寄托在纸上

摇晃的天幕

四月，沙尘弥漫

沿着湖岸小径走进黄昏

天幕在狂风中摇晃

我吸进肺里的空气

尽是尘土的气息

风沙蒙蔽双眼

蒙尘心事，如昨日重现

我不喜欢这样的朦胧

西湖的水失去往日的清丽

世界覆了一层哑膜

夜里，一场春雪背叛了季节

赢得了四月的芳心

清晨，阳光依旧慵懒

天空中还有些许未散的霾

湖畔记忆

长城之上，北风呜咽

我伸进腊月的臂膀，以飞翔的姿态

定格。这个冬天，无可复制

我的身后，茫茫大漠扬起细沙

这座沙漠长城很短

短得走不出我心中向往的逶迤

但它依旧雄伟，依然高大

沙丘上，枯草向山下蔓延

它们曾点缀大漠绿洲

远方消瘦的树，指点江山

极目苍远，我模糊的视线里

村庄和果园消失在地平线

任凭炊烟散尽，暮色遮掩夕阳

我在那片荒漠栽下松树，洒下汗水

长城脚下，湖水结了厚厚的冰

曲桥穿行，把一生的曲折悬在湖面

湖畔的风掠过长城，刺痛了我

此刻，不管天空多么浑浊

这晶莹透亮的冰面

成为珍藏在我心里的一点明白

冬天，一棵树只剩下思念

岁末的路口，一棵树

伫候风中，静默无言

风扫落叶，消失在褪色的季节

干瘪的树干，赤裸的枝条

只剩下消瘦的身影在风中摇晃

我和一棵树走进下一个年轮

一起聆听岁月的风声

一起期盼今冬的第一场雪

等待满挂雪的树装点冬天的景

我的心里盛满雪花的晶莹

落叶飘逝，天地苍茫

北风的哨音诉说着季节的往事

冬天，一棵树只剩下思念

从根底升起生命的律动

期盼和等待都集结在春风里

雏鹰的泪

山石突兀，崖壁嶙峋
一只独立成长的雏鹰
羽翼未丰，翅膀脆弱
缺乏爱的呵护
眼里满含无助的泪光

一个五岁的女孩留守在村庄
她已三年没见过自己的父母
或许不存在铁石心肠
女孩渴望而又缺失的爱
我沉重的心，深陷忧伤

那些缺乏家庭温暖的孩子
金色童年留下灰色的阴影
他们和雏鹰同样悲伤
世间从不缺少鹏程万里的鹰
只缺一点对留守儿童的关爱

枯的树，空的巢

一只高处栖息的鸟
向往更高更远的地方
一棵枯树，它曾枝叶茂盛
一个空巢，它曾孕育生命
这世上所有青春的鸟
能飞的都飞走了，只留下
一棵枯树，一个空巢
在村头无助地张望

天空无限苍茫
不只是从这个秋天开始
掀起一场候鸟的迁徙
这座遥远偏僻的小山村
我看到一些留守的老人
稀疏散落在村庄里
陪伴他们终老的
只有一个空了的巢

四月，想起童年的麦地

春风暖暖的，又一次回到乡下

柳梢在四月的风中拂动

远远地，我看见

一片绿云，多么妩媚

村庄渐渐改变了模样

走在布满新绿的田野

那片久违的麦地依旧在那里

此时的我

想起了踩着地毯上学的童年

踏着晨露出发，披着夕阳归来

把青青的麦苗压在脚下

从那时起，我能记住最初的光阴

多少次，我站在风口

饥肠辘辘地望着家的方向

那片麦地似乎永远走不到尽头

就如我儿时，爬不完的田字格

写不完的算术，背不完的课文

一株稚嫩的麦苗，它无须想象收割

我也没想过长大，不必思考未来

也许，人生就潜伏在那片麦地里

我躺在麦苗上，拥抱春天

很多次随意拔起一株，取出一颗绿色的心

那株麦子白色的根系在我手心里喘息

现在想来，那时还是懵懂少年的我

一个童年的顽劣，多么对不起另一个童年

亲近一块石头

躺在河滩上的砂石堆上

我从未如此亲近一块石头

放在手心里的鹅卵石

被河水的激流磨平了棱角

它也学会了事故和圆滑

然而，石头的重量

在于内里的坚硬

我就如一块粗糙的砂岩

用一颗易碎的心，艳羡着

一块生锈的顽石，身体里含着铁

今夜，诗歌是最美的风景

海宝公园，晚风轻拂着湖面

这里正在进行一场诗歌的盛宴

激光灯的光束射向夜空

高耸的北塔将一轮秋月举过头顶

满天的繁星一动不动地注视着

同一个角落，直到

一场盛大的诗会在一首《光的赞歌》

激扬的乐曲中落下帷幕

北塔湖恢复了宁静

凝望水中的月影

我试图捕捉，夜色中弥漫的诗情画意

朦胧的月色，梦幻般的光影

我久久回味这属于诗歌的夜晚

北岛、欧阳江河、曹灿、张筠英……

这些享誉华夏的诗歌名家和朗诵家

让我沉浸在美妙的诗风词韵里

今夜，诗歌是北塔湖最美的风景

那些闪烁古今的诗词经典

千古绝唱，余音袅袅，飘向天际……

路过一片野苇湖

冬日的阳光把北风稍稍安顿下来

我在一片野苇湖边驻足

此行是到山上的坟地

悼念逝去的亲人

湖水清浅，倒影更加清晰

记得夏天曾在此垂钓

野苇湖发际飘然，风光旖旎

此刻，这些芦苇干枯了

结束了这一季的生命

北风渐起，尘霾弥漫

大地是多么苍茫

我突然看见一株苇草

飘零落寞的生命

秋天，它曾把倾斜的希冀

在风中舞动，映照在湖面

当它把芦花散尽

也没入人的眼

它只好用纤细的身子

挺立着，在冬天等待收割

秋草黄

十月的风掠过季节深处

落叶飞舞，秋草渐黄

在这个秋天萧瑟的边缘

我看到草木短暂的一生

北风呼啸而过

天地间只剩下荒凉

那些枯黄的秋草

仍旧是我眼中的风景

一夜寒霜之前

那片耕犁过的田野

重新散发清新的气息

我好像一株旷野中的草

枯黄之前被移植

在花园里呼吸芬芳

那里有我抹不去的记忆

这个秋天有我唤不醒的梦

田间漫步

十月，又一次回到熟悉的村庄
田野中，只剩下一地秋风
记忆中好久没有回去了
没人住的房子，比人老得还要快

置身田野，这是我童年的乐园
秋草渐黄，杨树很瘦，落叶飘零
一片玉米地，随季节褪去了青纱帐
坚硬的根，成为伸向我眼中的刺

突然想到，从一个点出发
不同的方向走向不同的地方
不同的目的奔赴不同的人生
不同的梦想活出不同的滋味

突然感觉，人生有很多羁绊
有时你必须长出刺，露出锋芒
哪怕肉体刺痛，心里流血
也要找个硬茬子，碰一碰

秋天，一根触地的稻穗

老家的门前，有几分稻田
这是我仅有的庄稼
每一根禾苗从一粒浸泡的种子
开始长出细嫩的幼芽
我曾经陪伴着它们，五月插秧
六月扎根，疯长拔节的七月
稻花飘香，孕育稻谷的八月
丰收的九月，洒下遍地金黄
一块土地每年只有一个答案
我尽力让它们结出完整的稻谷
伫立地头，我看见那些稻穗
它们在九月的田野中金波荡漾
或者在季节的风浪里匍匐倒地
我靠近它们一生的成长
我看见一根触地的稻穗
籽粒饱满，低垂着谦卑的头颅
它在等待收割。所谓收获
就是找一个命运的出口
就算一颗无人收割的种子
也无法改变内心萌动的力量

秋天的诗鸣

清晨，我打开十月的窗棂

一场秋风在叫嚣

向着城市、村庄

还有远方的旷野

我看到一棵棵正在瘦身的树

虽然没有哪片叶子是因为风

但它们的确在秋风中零落

季节的车轮碾碎了落叶

它们重新融入泥土，回归大地

苍穹下，我听到秋风渐沉的哨音

似乎在呼唤，或者宣泄

我能够感觉到那曼妙的音符

十月的风声，像一首诗的低鸣

也许，它不屑于我的存在

事实上，爱与被爱都已别无选择

很多时候，唯诗歌更显生命的律动

十月，一纸秋天的诗鸣

虽悄无声息，却始终是我的深爱